中国短经典

姊妹行

王安忆 著

王安忆
2020年5月

人民文学出版社

图书在版编目(CIP)数据

姊妹行/王安忆著. —北京：人民文学出版社，2020
（中国短经典）
ISBN 978-7-02-015719-8

Ⅰ.①姊… Ⅱ.①王… Ⅲ.①短篇小说-小说集-中国-当代 Ⅳ.①I247.7

中国版本图书馆 CIP 数据核字(2019)第 193350 号

责任编辑 **甘 慧 杜玉花**
装帧设计 **高静芳**
封面绘画 **晚 门**

出版发行 **人民文学出版社**
社 址 **北京市朝内大街 166 号**
邮政编码 **100705**
网 址 **http://www.rw-cn.com**

印 刷 **山东德州新华印务有限责任公司**
经 销 **全国新华书店等**

字 数 **145 千字**
开 本 **889 毫米×1194 毫米 1/32**
印 张 **7.75**
版 次 **2020 年 5 月北京第 1 版**
印 次 **2020 年 5 月第 1 次印刷**

书 号 **978-7-02-015719-8**
定 价 **39.00 元**

目录

鸠雀一战

小妹阿姨从谢家出来以后，在附近愚园路上一幢临街的大楼里找到份人家。说起来是公寓，实质上，他们这一套公寓住了两份人家，什么都要合用，这家只占了一大间和一小间。夫妻俩睡小间，小妹阿姨带了两个读小学的孩子睡大间。吃饭也在大间，会客也在大间。虽是大间，三张小床和一张吃饭桌一放，也就挤得很了。因此，小妹阿姨的有些东西便只好暂时不带过来，仍旧放在谢家，比如那口红木五斗橱，那三只樟木箱，还有她的户口和粮油。她不想在此做长，一旦有了合适人家，她是立即就要走的。反正谢家好姆妈很好说话。

这人家日子过得马虎，小妹阿姨的精细没了用武之地。经历了这么多的事情以后，她也少了壮年时候的锐气，不那么一往直前，却开始为自己的退路着想。夜晚，睡在这间挤满白木家什的房间里，耳畔充斥了两个孩子此起彼伏的鼻息声，月光和路灯透过单薄的印花布窗帘，将个房间照得透亮，没了遮蔽，她觉得好像睡在马路上似的。难以入眠，就想着以往的大半生。过去的时光倒流一般，一幕一幕在眼前展现：她脑后用二寸长的红头绳扎起一根独辫，进了余杭首屈一指的大户人家做丫头；绸衣绸裤绣着“回”字纹的花边，随着大小姐嫁到了上海的张家；大小姐从少奶奶做到老太太，最后魂归西天；她却被张家小辈辞了出来，然后到了谢家，又到了此地……几十年来，她送了老的，接来小的，小的扶成人，老的又托生，弄到头，自己倒孑然一身。虽说是挣了一些钱，可却没个地方安置，那钱便也成了孤魂儿。她想着这些，心中生起无穷的感叹，要强了一辈子，竟脱不了吃人家饭、看人家眼色行事的下场。然而，岁月流逝，心力确是一年不如一年，不服输也是不行的。要是真到了老得做不动的时候，可是连个歇身之处也没有啊！莫不成再回余杭乡下去？从那里出来了几十年，她早已是上海人了，她从不曾以为自己是个乡下女人。她小妹阿姨是上海人，是上海人必得生活在上海，这是天经地义的事。然而，这只是她对上海的态度，上海对她的态度，却并不是那样明朗和确定。想到此，心里不由悔悔的，该趁早成个家的。到底是那时节年轻气盛，只当有使不完的力气、用不完的精明、过不完的年月呢……她在这懊丧的心情里昏昏睡去，刚合了眼，便听见楼下马路上，扫帚扫着路面的“沙沙”声，该起来买菜了。她勉强起身，肩背发酸，眼皮发沉，哈欠一个连一个，上一日的懊丧还没退去，便又添上这一日的，日日积累，小妹阿姨眼见得憔悴了。

经过一夜一夜的苦思冥想，小妹阿姨终于想明白了，她应该有一间房子。其实，所谓家，便是一个巢，巢可不就是房子？有了房子，她就有了栖身的地方。她可以不住别人家了，只帮人买买菜、洗洗衣，或者帮人烧一顿中饭或晚饭——加起来，收入只会比现在多，而不会少，况且，她是很不在乎钱的。说到了钱，她从现在起就可以坐吃，如果她愿意的话。可就是没个“坐”的地方啊！自然，钱总是越多越好。只要有了房子，赚钱的门路也就多了。她还可以去买一部缝纫机，给人家做衣服。西式衣服她不会做，可是中式的，包括拉丝棉、翻丝棉袄，她可全会。那就更为清闲、干净，也尊贵了。她也可以到里弄去申请一份工场间的工作，那么，连生老病死，都可有了一定的保障。然后，她可以去过继或领养个儿子，有了儿子，自己的一切，便都有了交代，自己这一世的辛苦也有了永久的意义。想到儿子，她不由精神大振却又微微地惆怅。反正，有了房子，怎么走都有路，哪条路都走得通；没了房子，便只剩下一条越走越窄的羊肠小道。想明白了这些，小妹阿姨倒平静了下来，心绪不再烦乱，身上也恢复了活力。

她要一间房子。小妹阿姨的生活有了目标，重新抖擞起来。她发现自己的心力和精明还很充足，对前景也就更乐观了，行动也更坚决。她首先想到的是张家。从小跟了张家老太太出来，足足跟了三十年，为什么不能算是张家的人？新社会人人平等，主佣都是一般高低，决没有理由将她从张家划分出去的。

星期日下午，她去了张家。走近张家门前时，脚步却犹豫起来。小花园光秃秃的墙头，在她眼里忽然长出了茂盛的常青藤，老先生在藤下摆弄着几株杜鹃花，苍苍的白发映着粉红的花朵，修枝的剪刀清脆地剪着，咔嚓咔嚓。生性荒唐的先生，末了还是让她帮了老太太把他制服得安安分分、小小心心，走路都难出个响。她不由抿嘴一笑。这一笑却笑醒了，红云似的杜鹃没了，满墙的常青藤也没了，剪子的脆响更没了，只剩下一栏光秃秃的墙头，墙角上升出一树夹竹桃，花是早已谢了，叶子也绿得旧了似的。她迈开脚步，绕到了后弄堂。后弄堂的水门汀地，碎出更多的纹路，错综交叉，网似的缠脚。弄堂似乎窄了，墙却高了，她觉得气闷。午后的阳光越过楼房，刚抵到却又越过墙去了，黄黄地照着楼房背阴的墙上。她看着自己的身影皮影戏似的从墙上走过。后门开了几扇，却露出陌生的面孔和陌生的声音。她向弄堂尽头的六号走去。

六号张家的房子是与众不同的一幢。原本是和这弄堂里所有的房子一样，双开间、三层楼。后来自己又动土木扩展了，将弄堂的横头整个儿地拦了进去，又多出了两上两下的一幢，隔了一个天井与原来的房子相对着。房间再多再好，她也不眼馋，她只要自己原先住的那一个八平方的小房间。在那里，她住了足足三十年。小房间顶上是洗澡间，几次漏水在天花板上留下一些水迹，那花纹边缘的水迹于她都是稔熟得亲切了。

她走进狭弄深处，刚要走近六号门前，那门却陡地开了，旋风似的出来两个龌龊的男孩，从她身边旋过，几乎将她撞倒。她正考虑是否要骂，不料那两位已经回过头来，吐出一句曲折而又露骨的脏话，使得从未结过婚的小妹阿姨红了脸，她只得装作没听见。好在门已开了，只需往里走就行了。那房子并不如她梦里几度回时那样凄清廓寂，反是过于热闹。楼梯过道上堆了满满的垃圾般的杂物，门窗无所顾忌地碰响着。她立在厨房门前，心里又恍惚起来。

楼梯上缓缓地走下老太太，一直向客堂走去，那里有一张牌桌。要是三缺一，她便说："小妹阿姨，你来吧！"小妹阿姨便在她对面坐下。老太太的牌局从她那副茶色墨镜里反映出来，进入小妹阿姨的眼睛，她便可依着老太太的心思出牌了。老太太赢了钱就说："小妹阿姨，有你在，我就心定，脑子也灵光了。"她则回答："是老太太手气好啊！"老太太便笑，一双很富态的手娴静地洗着骨牌，将牌洗出圆润的声音，珠玉落盘似的。她又要笑，骨牌的玉响消失了，换得一阵噔噔的脚步声。

楼上走下一个小姑娘，很平淡地看看她。她刚想开口问一声，那小姑娘却走了过去。她渐渐地静了下来，四下打量，看见底层大房间门口放了一口她所熟悉的白漆碗柜，于是她断定这里面住的必是张家无疑了。

她走上前敲了门，顺便朝碗柜里张了一眼，里面除了几叠空碗，还有一碗雪里蕻炒毛豆和一碗冷饭，收拾得十分清洁，却有一种凄凉。她正看着，门开了，只二寸宽的缝，露出张家大儿子一张苍白削瘦的脸，眼圈、鼻沟和上唇都红红的，受了寒似的。眼神惶惑不安，露出谦卑的微笑。待到认出了小妹阿姨，便收了笑容，略略傲岸起来，却依然掸不去那一层惶惑。

“大弟在家啊！”她豁朗地笑道，用了亲切的小名招呼。

他只得让她进来。

她迈入房门，双手相握着静静地垂着，夹竹桃的树叶掩着阳光，将房间遮暗了。门在身后轻轻地关上，大弟悄悄地走近跟前，说道：

“坐啊，小妹阿姨。”

“大弟，你不要客气。”她回答，还是坐了，在一张老式的沙发椅上。沙发套上的流苏残破了，有的地方拉出老长拖在地上，有的地方却一缕也没了。这是老太太生前常坐的，她摸着光滑的扶手，努力去感觉老太太的体温，扶手凉凉地沁着她的手心。

“还是在谢家做啊？”大弟在她对面的一张皮椅子上坐下，眼睛看着她，当她回看过去时，却又溜开了眼睛。

她反问道：“大妹、小妹，还有小弟都还好吧？”

“小弟大学毕业到苏北农场劳动去了；大妹已经结婚，住在婆家，威海卫路那里；小妹在家待分配。”大弟一一介绍道。一边打量小妹阿姨，一经对视，又溜之夭夭了。

“倒没有叫她插队去？”小妹阿姨打量着房间，房间里是一张双人床，床下有女人的拖鞋，还有小孩子的玩具，一只塑料小碗。打量了房间，再看大弟，大弟的眼睛立即避开去，看着小妹阿姨刚看了不久的房间。

“她身体不好，不情愿去呢！”他回答。

“学校里倒没有强求？”

大弟苦笑了一下，不说什么，眼睛仍然在偷袭对方。

小妹阿姨立即十分理解地说道：“这件事情，你是不好说话的，否则倒像是你容不得妹妹了。”

他感动了，眼睛更红了，却松弛了下来，活动得不那么紧张了。

小妹阿姨心里却说：“这样的成分能逃过插队，总是有点法道的。”自然提高了警惕。

这时候，大弟站起身泡来了一杯茶，恭恭敬敬地端过来，说道：“如今，上门来看我们的也只有你小妹阿姨了。”说到“小妹阿姨”几个字，声音陡地轻了下去，要哭的样子。

小妹阿姨心软了，脸上还强笑着，说道：“你们都大了，翅膀硬了，有没有小妹阿姨不要紧了。”老太太大殓那一日，小辈们将她辞走的情景陡地升起在眼前，记得也是这样的一个午后，虽是阳光明媚，可到了下午，屋里却总是暗了。眼里不由要落泪，却硬是忍了下去。

“小妹阿姨，你不要再气了，过去的事情就算过去了。”大弟说道，垂下了脑袋，偶尔还用眼睛看小妹阿姨。

“开头，我倒真是气了，暗地里骂了你们多少日没良心。可后来，慢慢地好些儿了，却还有点高兴。我想，这时候从你们家出来，倒是好事呢。和老太太的缘分尽了，也不至于叫人以为我对老太太有什么图谋。可是我这人心软，如不是你们小辈先开口叫我走，我是怎么也硬不起心肠走开的。”小妹阿姨吐了一口长气，将眼泪压下去，慢慢地说道。

听了这一席话，大弟不知该如何反应，只是不做声，心里的感动却似乎难以平息，一味地想哭。

“好了，弄到头，还是我心软、骨头贱。说是不管你们，还是放不下呀！前几日遇到三号里的小红奶奶，说‘文化大革命’一开始，你们就吃大苦了，家抄了，房子封了，东西拖走了。我是一夜一夜睡不着，只有想到老太太，心里才好过一点儿。她享饱了福，早早去了，看不见这一场造孽，是她的福气啊。留下你们，是前世没有修好，也是太浮躁任性，命里注定要吃苦受罪。虽这么想还是想不开，你看，今天，人争气脚不争气，自己跑来了。”

大弟这才抬起头，将这场变故的大概经过说了一遍。

“现在，就只给你们这间房间啊？”她慢慢地问道。

“还有一个小房间，就是小妹阿姨过去睡的，现在是小妹住。”

“带我去看看吧！”她站起身说道。

大弟不很明白，却还是起身随她去了。

小房间的门一推开，便涌来一股阴凉的气息，是她熟识的，还是那样，只是多了几件家具，她的木床换了小妹的弹簧床。天花板上的水迹更深了一些，正合着她记忆中的模样。窗帘撩起了一半，映进天井里的半边水池，一个女人在刷着什么，刺耳的“刷刷”声在深深的天井里激起回声。她停了一会儿，望着熟悉极了的四壁，随后走到窗前，将撩起的窗帘轻轻放了下来，转过身子，看定了大弟。

大弟的眼睛又要想溜走，却溜不去了，叫小妹阿姨的眼睛活捉了。

“我说大弟，我还是想住回来。我的户口在张家的户口簿上留了有三十年，那时迁走并不是我情愿。这房子说到底是该归我的。”

大弟的眼睛叫她捉住，更加动不了了，只喃喃地说道：“这，这怎么能这样说呢？小妹阿姨！”

小妹阿姨继续说：“要是早两年，‘文化大革命’头上，我就到这里来闹，还不定能闹到多少好处呢！可是你知道，大弟，小妹阿姨不是那种投井下石的人，小妹阿姨不会做那种墙倒众人推的事情。所以我想着，这两年事情过去得差不多了，再和你们商量。”

“这，这，我们也没有办法啊。”大弟不觉后退了一步。

“你们住那一大间，这小间还是还给我。小妹总归是要出嫁的人。”

“可是小弟劳动完了还要回来的呀！”说了这句，大弟顿时感觉到一股树倒猢狲散、飞鸟各投林的悲凉，几乎要大放悲声。

小妹阿姨转过眸子，放过了大弟的眼睛，说道：“我一从乡下出来，就住在这里，一住三十年，户口是你们让迁走的。我本来可以找你单位造反派说这个事，可我想，还是先来和你商量的好啊！你说是不是，大弟？”

大弟的眼睛定在了小妹阿姨的脸上，忽然他双膝一屈，软软地跪了下来，喉咙里有什么打着滚，声音颤着：“小妹阿姨，看在姆妈的面上，你放了我们这一回吧！”

这一手却是小妹阿姨始料不及的，不由得有点慌乱，伸手去抓他的胳膊，想把他抓起来，他乱抡着胳膊躲闪：

“我们辞了你，是忘恩负义，黑了良心，不是人。这几年我们理当遭到报应。我单位造反派来抄家，叫我们在地上爬，我女人四个月的肚子活活地流了；大妹学校里的红卫兵来造反，拖了我们在弄堂里斗……”他两手撑着地，哭得说不出话来，头越垂越低，几乎触到了地板。

小妹阿姨看着蜷曲在她脚下的这个男人，眼泪终于滴了下来，这是她亲手带大的啊！她没生过小孩，这就像她自己的小孩一样，她所能体味到的全部母爱便是对这男人的了。可是，她可怜了他，谁来可怜她呢？她擦去眼泪，慢慢地镇静下来，轻轻地叹了一口气，大弟便也静了下来。

“说实在的，大弟，”她说道，“大家都不容易，我小妹阿姨从十三岁到你外婆家，看着你姆妈成了家，又看着你们成了家，可我自己还没个家呢！我不能在人家家里做到老死，等不到死我就会做不动的。我向你要回这房子，也是实在没有办法，也是不得已，我想了多少年才决定这样做的。”

“小妹阿姨……”大弟抬起了脸。

小妹阿姨便说：“你站起来说，你不起来，我不听。”

大弟则说：“你听了，我才起来；你不听，我不起来。”

最终，还是大弟拗不过小妹阿姨，站了起来：

“小妹阿姨，过去我们是做得太绝了，吃苦也是活该。将来有了可能，一定改过，向你赔罪，养你老，送你终。可是，眼前自己也是没有办法，就这么两间房子，我和我女人、小孩住一间。小妹住一间，小弟还要回来，他们只是去锻炼锻炼，一定要回来的。他回来，还是这一间，实在是多不出来给你啊！”

听他这么一说，小妹阿姨的心肠又硬了：“我现在也是顾不得许多了。这样看来，和你商量也商量不出结果，我只好另外想办法了。”说完就向外走。

“小妹阿姨！”大弟跟在她后面，叫道。

“你也不要老是‘小妹阿姨、小妹阿姨’地叫了，你心里究竟有几分小妹阿姨的地位啊！”望着这张涕泪纵横的瘦脸，她激愤起来，同是这张面孔，却曾是那样的冷漠、傲岸。想到这里，她心里再没什么犹疑，坚定地迈开脚步，快快走了出去，将大门重重地摔上。铁门沉重地“哐啷”了一声，随即便传来一声恶骂：

“寻死啊！”

她回过身，见是二楼后窗伸出一张睡意蒙眬的脸，爬满眼垢和口水的痕迹，便回骂道：

“你寻死，骂人就像吃饭一样！”骂完就赶紧地走，不再去听那一声紧似一声的回骂。

这幢房子，已不像从前那样，在她记忆中很是庄严。于是，要去侵入它的决心也更坚定，更没了犹豫。在来之前，她心里还有一点点畏惧、一点点不忍，像是要亵渎了它似的有点羞愧。而今，她很坦荡地走出了弄堂。

这一夜，小妹阿姨又失眠了。今天的行动只是一次摸底，稍带点儿要挟，可是心底是虚的。她在此地度了几乎有四十年光阴，新旧社会都经过了，可算是个老上海。她明白，户口不在张家是很不过硬的地方，张家满可以不认账的。为了这个，她只能自己与张家打交道，立不了公案，只好私了。因此，她就要仔细地权衡她与张家双方的力量。那大弟看上去，萎得像条虫，大男人动不动就屈了腿跪下，可是，或许这就是他厉害之处也说不定，要是当锣对鼓地闹，兴许倒反好弄呢！小妹阿姨将这一场会面的每一个细节都在心里反复温习，最终也不知谁优谁劣，反弄得精神大振，一点儿睡意也没有，却又困顿得手脚发凉。想睡又睡不着，睡不着还想睡。折腾了大半夜，早起见了什么都不顺眼，东家夫妇俩也不敢招惹，只在背后悄悄说："这个阿姨脾气忒大了。"

这一日，谢家弄堂里五十七号的阿姨跑来看她了，虽然只隔了两条马路，十分钟就能走到，可是见面的机会却是极少。最近，五十七号的大女儿又生了毛头，她简直是一分钟也离不开了。这一回，也不知怎么的她溜了出来。小妹阿姨心下虽然是瞧不起五十七号阿姨，可是见她百忙里抽空特地跑来看自己，可见得有情有义，便也十分地感动，擅自拿了东家的好茶叶招待她。

"姐姐，你在这里做得可还称心？"五十七号阿姨很虔诚地捧着一杯茶问道。

"你自己看好了。"小妹阿姨回答。

"要我看，不如谢家。谢家多清静，这里好像很乱的。这一扇门里究竟住几家呢？"

"住是只住两家，可是人多。我们家连我五个，隔壁一家七个，夏天洗澡排队哩。"

"你要还在谢家多好，我们也离得近了，可时常见面说说话。"

提起谢家，她便有无限的委屈，可也不想在五十七号阿姨面前露出来，便说："他们看起来清静，其实烦得很，外人不知道罢了。"

"姐姐也是眼里掺不得沙子的人啊！不像我能够将就的。"五十七号阿姨感慨道。

"你近来还好吗？乡下还时常有人来缠？"

提到此事，五十七号阿姨的眼睛就红了："我告诉你，你又要骂我贱了。银行的折子上，还是你在的时候那么多钱，再没有添过。"

小妹阿姨忍不住敲了一下桌子："我说你这个过房儿子趁早不要了吧，没有儿子怕什么呢？天下没儿子的多呢！"

"老了，做不动了，怎么办呢？我这么忍着，都是为老了的时候想啊！"

"你穷得叮当响回了乡下，过房儿子还会收留你吗？就是做老了的时候想，你也不该将钱早早地松了手。话又说回来，你要有钱，在哪里不能过？就是不回乡下也是可以的。你小叔叔不是有间房子吗？"说到此地，她的心扑地一动，立刻狂跳起来，脸都红了。她强使自己镇定下去，继续平缓地说："你与他那样的交情，将来住他那里养老有什么不可呢？"

五十七号阿姨脸红了一大块，朝地上呸了一声："他的房子是他的，关我屁事！"

"随便说说的，你又急了。"小妹阿姨轻巧地说完，笑了。

五十七号阿姨也笑了，脸还红红的。

小妹阿姨觑了她一眼，说："你老实对姐姐说，你们又混账过没有？"

五十七号阿姨就要捶她，她便躲，两人闹了一阵，小妹阿姨叹了一口气，说道：

"有了事吧，'姐姐救我，姐姐救我'，硬找了上来。现在好了，事情过去了，连句老实话都没了。"

"好姐姐，你也不看这是什么事，就能这么敲锣打鼓地唱嘛！有什么光彩，也不怕人骂我贱，骂我下作。我是和你亲姐妹似的，什么都说了，你也不该拿这事来取笑我啊！"说着就抹眼睛。

小妹阿姨这才正经下来，诚心诚意地说道："我这么问你，是为你坏吗？你看这里可有第三个人了？你的事过去这么些日子，你到底听到什么风声没有？"

五十七号阿姨摇头。

"有时想想你的事，我也真替你伤心。其实那一回，你肚里的肉，倒是个亲的。自己亲血肉，偏偏要打掉，倒把辛苦钱贴给什么过房儿子。就为的那块肉来路不正，没法向人交代。其实，要敢横下一条心来，管它什么来路，落在你肚子里，就是你的。可是，我们敢吗？我们不敢。"

五十七号阿姨早已哭成泪人儿了，只有出的气，没了进的气。

“好了，不说这些伤心话了，我给你绞把热毛巾，你洗洗脸也该回去了。要不，你家师母又要吵了。”说着便起身倒了热水，拿自己的毛巾让她洗脸。

五十七号阿姨简直是受宠若惊，自然不好意思再哭，那就太对不起小妹阿姨了。她压住抽泣，洗过脸，匆匆地走了。

小妹阿姨站在窗口，看着她从大楼的门洞里出来，走入熙攘的人群，在人群里绕来绕去，不是碰了人，就是叫人碰了，好不容易，才走得不见了。

她想着：她小叔叔有一间房子呢！这一个念头充满在她心里。她淘米、烧饭、炒菜、吃饭、洗碗，最后上床，心里不时冒上这么一声：“她小叔叔有一间房子呢？”她躺在被路灯和夜光照得一无遮蔽的房间里，耳畔起伏着孩子的鼻息，心里盘算道：总有一日，她小叔叔要退休，退了休再待在上海，怎么也不是长久的事。如果趁早把户口迁了过去，那——自然，这事不能甩了五十七号阿姨，小妹阿姨不是那样的人。她憧憬着，与五十七号阿姨两人在那一间小屋里度日的情景。那一间小屋被她想象得十分温暖，而五十七号阿姨脾性的好处也被她一一记起，即使张家的房子不能得手，那么，闸北的房子也未尝不是一条退路。看来，只要用心，动脑筋，路是很多的，她渐渐乐观起来。而对未来的憧憬却打扰了她的平静，她是很难睡安恬了。睁着眼睛等天明，到了天明，则打着瞌睡盼天黑。她沮丧地想到，自己怕真是老了，昔日的精神到哪里去了呢？于是，要找一间房子的任务便更加迫切了。

如今，她是双管齐下。张家那里，她决不松手，每个星期日都要去一次，日益逼近。那大弟每次都是涕泪纵流，面对她的攻势，只有后退和讨饶。也遇到过小妹两次，小妹脾气比大弟硬，一旦开口，就被大弟呵斥，不许她说话，她并不听，依然是吵。可毕竟年幼，没有世故，几个来回之后，小妹阿姨就不再将她放在眼里。每次归来，她都像个得胜的将军，嘴头上一句亏也不曾吃得。然而走到半路上她却不安起来，她发现事情并没有进展，房子依然是张家住着，她的户口还是在自己这里。每次一样地进去，又一样地出来，只进去永不出来的希望一点儿看不见。这时候，她才认识到了大弟用鼻涕一样的黏软包裹着的厉害。这却更加激起了她的愤怒和斗志。在这同时，她开始和五十七号阿姨走动得勤了，与她的关系日益增进。终于有一日，五十七号阿姨请得半天假，邀请她一同去闸北小叔叔家，给他做五十岁生日。她推辞了一番，便答应了下来。

这天下午，五十七号阿姨头发梳得溜光地顺在耳后，穿了一件簇新的海昌蓝斜襟单衫，俏俏波波地来邀小妹阿姨了。小妹阿姨只略略收拾了一下，提了一个线勾的网袋，两人搭伴走了。换了两部车子，车子越开人越稀少，两边的高楼逐渐矮了下去，矮成了平房，马路宽阔了，却寂寥了，车门开开关关，上上下下，乘客和行人的形状似也有些陌生，开口以苏北话居多，像是到了上海以外的另一块地盘。连在上海度了四十年光景的小妹阿姨都有些自惭经验不足了，却也自觉出了身份，脸上不免有些不屑，看什么的目光也多了一种冷淡。

下了车，走过一条公路似的马路，走了一段，随后一弯，路却陡地狭窄起来，连两人并排都觉勉强，便一前一后走着。两边矮矮的屋檐直伸到肩膀上，屋檐下坐着人，嘈杂着。脚下是一条七高八低的台硌路。几步一走，小妹阿姨顿觉脚心长了老茧似的生疼起来。走出一条狭路，到了十字路口，有一块开阔地，却矗立着一杆水龙头，水哗哗地直流，几个女人坐在水下咕吱咕吱地搓衣服，搓完了，就地将木盆一侧，灰色的肥皂水就顺着地势奔腾过来。小妹阿姨来不及地躲闪，那水流沿着她的鞋边顺进了一条浅浅的阴沟，算是找到了归宿。小妹阿姨却已出了一层薄汗，心里愤愤的，又不敢多停，人生地不熟的。五十七号阿姨在前边走得飞快，稍稍懈怠便没了影，只得紧紧地跟了上去，心里则是一肚子的埋怨。待到五十七号阿姨停了脚，她赶了上去，那小叔叔紧接着就出现在一扇木门前边，她也不好意思发作了。

五十七号阿姨轻轻一跺脚，说道："真该死了，这条路这么难走，车子挤死人，累死了！"

小妹阿姨站在一边，心里说道："这路你并不是头一回走了，再说车子也不挤，你累死还赶命似的跑？"脸上却微微笑着，暗暗打量那小叔叔。

小叔叔看上去倒像是大伯伯，说是五十，却足有六十的样子。脸上的皱纹刀刻似的，手上的皮则像树皮。但再细细看，却看出了一身好筋骨，没有一点儿虚长摆样子的肉，骨节里都是劲道。他在汗背心外头直接穿了件劳动布工作服，头戴一顶工作帽，帽檐下露出霜似的头发根。她一边端详，一边联想起他与五十七号阿姨间的关系，莫名其妙地红了脸，便在心里唾了一口："下作！"

"难为，难为！"他说道，将她们请进了屋。

眼睛陡地一暗，停了一会儿，才慢慢地看见东西。这是一间十六七平方的本地平房，砖铺的地，缝里嵌着永远扫不出来的垃圾。石灰水刷白的墙，又叫烟熏黑了，贴了一层又一层的画，是当作墙纸贴的，并不讲究排列，就那么横七竖八地叠了起来：祝英台头上横了一条胖娃娃的白腿，石油工人和牛郎织女肩并着肩。一张硬板床，卷着一床薄被，挂着一顶泛黄的蚊帐，一个白木柜，一张方桌，几只方凳，一把竹椅子。墙角倚着一张缺了腿的抽屉桌，上面放了火油炉和一个小碗柜，上方的墙上挖了一个方洞，洞里放着油盐酱醋瓶。小妹阿姨粗粗地将房子打量了一遍，心情便有些黯淡，她自然不会以为五十七号阿姨的亲眷能住到什么好地方去，可也决计没想到会是这样寒碜的一间房子。失望叫她更觉出了疲劳，便一屁股坐倒在竹椅子里，将脚架起在膝盖上，用手揉搓着裹了雪白尼龙袜的脚踝。

五十七号阿姨在催小叔叔倒茶，小叔叔便张罗着找茶叶拿茶杯，五十七号阿姨却嫌杯子脏了，小叔叔只得去洗。小妹阿姨留心到他洗杯子的水是从水桶里舀出来的，便想，水大约是要从刚才走过的水龙头那里去提的。由自来水想到厕所，这才发现那张硬板床并没有贴墙放，而是留出了空当儿，系了一角花布帘子，那自然是方便之处了。正考虑，五十七号阿姨已经恭恭敬敬地将一杯茶送到了手里：

“姐姐，你喝茶。”

“怠慢，怠慢！”小叔叔跟着说。

她正要说话，却叫五十七号阿姨抢了过去，她侧头斜了小叔叔一眼，说道：“这么噜苏的，快把买来的鱼拿来给我杀。”

小叔叔便去拿鱼，很欢喜的样子，故意跑得颠颠的。鱼刚到手，五十七号阿姨便嚷：

“刀！”

于是又颠颠地拿刀。

小妹阿姨见他们忙，心里嘲笑，嘴上却说：“我来做点儿什么吧！”

五十七号阿姨则用膀子推她坐下了，说：“我不叫你动，今天名是做他的生日，实是要请姐姐你的。姐姐吃多了好东西，今天就尝尝我们的粗茶淡饭。”

小妹阿姨只得坐下，心里嘲笑道：“却已经‘我们我们’的了！”

天，渐渐地暗了，屋子里则更黑。五十七号阿姨叫了声：

"灯!"灯便亮了。小叔叔蹲在她身后，随时接过命令立即就可执行。看着今日里五十七号阿姨少有的威风，小妹阿姨心里麻麻地不自在，又有点发酸，暗暗骂道："说是请我，还不是叫我看看你的神气，看看你那个不正经的样子!"脸上自是什么也不露，慢慢地很尊严地喝茶。

五十七号阿姨忙了锅上又忙锅下，忙了冷的又忙热的，终于，七煎八炒都上了桌。她脸热得红扑扑的，头发从耳畔散了出来，蓬松着，一举一动都透着活泼，换了个人似的。这时候，屋外的天也黑透彻了。家家户户闭了门吃饭，喧声平息了。一条斑斑驳驳的台硌路，弯弯曲曲地伸出去，伸向前边深蓝的夜天，别有一种宁静，小妹阿姨的心渐渐平和了下来。

一盏电灯不明不暗地照了一桌热腾腾的菜，小妹阿姨给这叔嫂俩硬劝下了一盅酒，心里身上腾地热了起来，头脑微微发晕，眼睛蒙了薄薄一层泪，再看这小屋，朦朦胧胧的，便觉出了一股温暖。她慢慢地移着筷子，再一次看这房子，心想：只要有个窝，弄好弄坏就全凭自己的本事了。一个男人家会过什么日子，洋房都能糟成了狗窝，这房子要细细整理，也会成个样子的。她光顾着盘算自己的心事，没发觉桌子底下正一脚去一脚来地热闹。

走出屋子时，已经满天星斗。小妹阿姨惊异星星会有这么灿烂，而天是又深又高。她抬头望了一会儿天，然后迈开了脚步。

两人都喝了酒，各自有着不可言说的满意，心情很好，路上便格外地亲密起来，胳膊挽着胳膊。五十七号阿姨喋喋不休地讲起小叔叔的每一桩家事，小妹阿姨饶有兴趣地听，听到后来，才慢慢地问道：

“小叔叔退休了，回不回乡下去呢？”

五十七号阿姨顿时静了下来，静了一会儿，才说：“不回乡下回哪里去呢？”

“住在上海养老好了，不是没有房子的。”她轻轻地说，提到房子，心里又是一动。

“他那女人让吗？再说，他舍得下那伙讨债鬼吗？”五十七号阿姨忽然愤怒起来，声音抬高了。

“就是啊，到了这一步，他也是做不了自己的主了。”小妹阿姨同情地说。

“他是顶天立地的大男人，走到哪里都是路，不像我这没儿没女苦命的。”说着又要落泪，又咬牙。

“算了，算了！”小妹阿姨劝解道，“一个人有什么不好，反倒清静。你看，我不也是一个人，也没像你，要死要活的。”

“姐姐是强人，不同我，没心计，耳朵根子又软。”

“我看我们老了就两个人做伴养老吧！”小妹阿姨用戏谑的口气说道。不料五十七号阿姨却认真了：

“姐姐，你说的是真话吗？”

“我什么时候说的假话？”她很俏皮地反问，使之更像一句假话了。五十七号阿姨更着急了：

“姐姐，你不开玩笑：咱们俩要是做伴，我心里就踏实了。”

“我们俩做伴是好，可是两个没有家的孤鬼怎么做伴呢？怎么养老呢？有哪个东家肯收两个做不动的老太婆呢！”

“我们找间房子嘛！”

“房子？你说得好听，这上海不比你们乡下，路上能拾到金子，都未必能找到房子。”

“我们将他的房占了，”她恨恨地说道，“让那死鬼回乡下，让那群讨债鬼拖死他算数！”

小妹阿姨的心又扑扑地跳起了，酒意退去，头脑像是沉淀了渣滓，忽地清醒起来。五十七号阿姨主动说出此话，既出她意外，也入她意中。她停了很长一会儿没有回答，因为不知该怎么接过话去，既不能接得太急，把她吓退，又不能不接，把她放了。正考虑，五十七号阿姨又急急地说道：

“真的，姐姐，我的主意你说好不好？”

有了这句话，小妹阿姨便有了把握，就慢慢地说道：“难为妹妹你有这个心，只是你叔叔他未必愿意。”

“他敢！”五十七号阿姨逞起强来了。

“你们叔嫂自然是自己家亲眷，不比外人。可房子的事，可不是别的事。”她又说。

“后天得了空，我就去对他说。”五十七号阿姨下了决心。

汽车渐渐地开进市中心，路灯闪闪的，将条柏油马路照得发光，星星却黯淡了。她们手挽手下了车，一阵凉风吹来，不由打了个哆嗦。

自从闸北回来，小妹阿姨心里就好像托了底。她的奋斗目标仍是张家的小房间，将闸北的房子做了她的后盾。虽然那房子离她的理想很远，可作为一个后盾却是完全够格的。有了这条退路，她便可以勇往直前，无所畏惧。她有了底气了。

她将存在谢家的箱子取出了一个，带到张家，放进了小房间。大弟苦着脸跟在她后面，一无作为的样子。可是等她下一次再去时，却看见箱子立在了门外，门则锁上了。大弟无可奈何地说，是小妹锁的门，钥匙也带走了，她的脾气很丑，做哥哥的也奈何她不得。小妹阿姨吵着要撬锁，大弟便给她找工具，找来一把榔头、一把螺丝刀，一并交给了她。她一手拿一件，却不知怎么撬，最后，将东西狠狠一摔，走了。走了半路又不放心那只箱子，再折转身要把箱子提进大房间，不料大房间也锁了，大弟溜之大吉。她只得硬着头皮去敲隔壁的门，请求将箱子暂放一下。开门的是个做工模样的男人，说话还客气，问她是什么人，箱子又是怎么回事。她一气之下，将自己的委屈全说了。那人便更加热情起来。将她请进房间，坐下，更详细地打听着。她反倒警惕起来，慢慢地住了口。她一住口，那人就说道："这种资产阶级的狗崽子，心肠是大大的坏了！"她一听这话很不是滋味，就想走，并且后悔说得太多。

她看出，这人与她、与张家都不是一路人。可是那人却又说道：“你这样和他吵，是没有用处的。”

一听这话有了点儿为自己出主意的味道，便又坐定了下来。

“你要拿着户口到派出所去报，就报到他们户口簿上。”他说道。

“可是张家的户口簿拿不到手啊！”她说。

“你去向派出所讲嘛，如今是什么世道了？资产阶级的狗崽子还这样逞凶霸道，压迫穷人。派出所出面去和他们讲，他们就老实了。”他很耐心地告诉她。

于是她开始跑派出所，不料派出所的态度并不如那人积极，反问她：“你和张家什么关系？”

她照实说了。

“不行，什么时候了，还想用保姆。”他们立即说道，一棍子就打死了。

她赶紧说明这与雇佣无关，只是要一间房子。

那人皱皱眉头，不耐烦了。目前正大煞抢房子风，她却有了这样的心，要及早收回去才好。他们教育她。

她便细叙她与张家的特殊关系，以解释抢房的嫌疑。他们听得倒仔细，听过了就说：“你已经不在张家做了，就不好说了。”

她憋了一肚子的气往回走，那张家的房子越来越遥远地留在了身后，脚下的土地动摇似的让人走不平稳，头脑有点虚恍，做梦一般。她觉得自己是不如从前了，从前的她，只要想做什么，没有做不到的。张家、谢家，都被她攥在了手心，可是，最终不还是孑然一身地出来了？她忽然嘲笑起自己。毕竟不是自己的家呀！没有了家，就是没了站脚的地方，纵然有一身的力气和智谋，也是使不出来呀！到了这年月才意识到这个真理，似乎有些晚了。可是她不认输，何况还有闸北的房子做后盾呢！想到闸北的房子，她心里又稳住了一些，稍定了定神，调整了脚步，继续走去。

她积极鼓励五十七号阿姨常去闸北，白日里抽不出空，就怂恿她晚上去，只要第二天一早赶回去，东家就不会有话。至于小菜，她顺带着就买了，买了放在这里。五十七号阿姨下车从这里弯一弯就捎走了。每逢带菜的时候，小妹阿姨总将好菜让给五十七号阿姨。要是买了两只蹄髈，骨头小的后蹄总是给五十七号；买了一块肉，肥的留下，精的给五十七号，五十七号的师母自然不好有意见了。这样的早晨，五十七号阿姨蓬着头匆匆来到，两颊娇红着，眉眼间却有些发黑，拿了菜就要走。小妹阿姨就赶着说一句："不要昏头，昏了头我再也不管了！"五十七号阿姨来不及地唾一口，赶紧地走。有一次，五十七号阿姨从闸北回来，告诉她："死鬼答应了！随时都可迁户口了。"下一次，从闸北回来，则告诉她："死鬼变卦了，不知听了谁的鬼话。"再下次回来，却又答应了。一会儿答应，一会儿不答应，没个一定之规。小妹阿姨却也不着急，因为张家这边的持久战还在进行，胜负尚未揭晓，她抓不住一点儿可靠的实证，却也不灭希望。如果这时候，闸北那边立刻让迁户口，她倒不好办了。直到有一天，她得知，张家大弟走了门路办理了分户手续，才最后死了心。张家将户口分了两份，他和他女人、孩子立一户，住在一个大间。小妹和小弟自立一户，住一个小间。无论是房管处、派出所，还是造反派，都没有理由连一户一间房也不给的。小妹阿姨方才晓得大弟的法道，也晓得了小妹所以能逃脱插队运动的缘由。虽则张家已经一败涂地，成了历史的渣滓，可是既然世道还允着张家的人存在，就总有他们活动的余地，即使是一道夹缝和一个漏洞。小妹阿姨只是不明白，张家老太太那么软弱，老先生除了荒唐以外什么都不会，后辈却是从哪里继承来的精明与手段，或是从上上辈子创业的祖宗隔代相传，或者就是从小妹阿姨自己身上学得的。

现在，她只有一条路，她的后盾推到了前沿，她没有后盾了。她是孤注一掷了。

夜晚，漫长得不可打发，夜光与路灯照耀得房间一无遮蔽。她闭不上眼睛，眼皮上有着光亮的压力。孩子的鼻息声扰着她思想，满腹的心事却涌了上来，集中不了，弥漫得到处都是。最平静的夜晚于她却是最不安宁，心里是一片热闹。过去、将来，在脑海里翻了个，混成一团，待要细细地去想，却又空白成一片，只剩下孩子钟摆样有节奏的鼻息。

闸北方面，需她亲自动手了。

找了一个她小叔叔厂礼拜的日子，小妹阿姨换了一身干净衣服，线勾的网袋里装了一盒沙琪玛，往闸北去了。下了一部车子，又上了一部，车子越往前开，地场越寥廓，苏北话音越来越响亮，也越来越坦荡。小妹阿姨由着车身摇晃，随着窗外景色的清廓，渐渐升起一股凄凉的心情。阳光过于辉煌，照耀得人彷徨起来。她下了车，沿着那公路似的马路走了几步，然后拐进了弄堂样狭窄的小街。阳光直射在台硌路上，路上每一块石子都在朝四面八方反光，刺得眼花。她踩着一块块光亮的石头走了过去。中午时分，街上极静，十字路口那一个水龙头没关紧，水珠滴在水泥地坪上，溅开细得看不见的水花，滴滴答答地响。

她几乎有点认不出那间房子了，它是那么矮小，似乎要被两边的房子挤没了，缩头缩脑地勉强站住了脚，一扇木门上下漏着两指阔的缝。她犹豫了一下，最后看见钉在门上的门牌号码，才下决心敲门。没有回应，她再敲，便听门里有人嗫嚅着答话，像问："是谁？"她觉得不好回答，只好又敲门。

门开了，小叔叔睁着一双蒙眬的睡眼，总算认出了小妹阿姨，慌乱起来，赶紧请她进房间，却又迟疑了一下，可小妹阿姨已经跨进了门。床上被褥摊开着，充斥了一股夹了葱味的屁味，小妹阿姨几乎要捂鼻子，可又忍了下来，笑盈盈地说道：

"小叔叔没出去啊？我正好有事从这里过，顺便弯进来看看小叔叔的。"

"我想呢，哪阵风把小妹阿姨吹了过来，难为，难为！"他不晓得应该过去叠被好，还是不叠的好，犹豫不决地站着。

小妹阿姨拖了一张凳子自己坐下，说道："麻烦你倒杯水给我好吗？走路走得很累，就是想喝口水歇歇脚的。"

小叔叔这才找到了事情做，便很殷勤地去倒茶。他早已从嫂嫂处听得了这位小妹阿姨，视她为大恩人，见她登门，自然是不晓得怎么才好了。

"小叔叔平日里自己烧饭，还是吃食堂呢？"小妹阿姨专心地喝着茶，慢慢地问道。

"在厂里就吃食堂，下班回来就自己烧。"他这才找了凳子坐下，慢慢地回答。

"烧煤炉啊？"

"烧一只火油炉子。"

"哦，怪不得你嫂嫂向我要日用卡办买火油的卡呢？"

"她平时总是麻烦你，真是谢谢了。"他说话渐渐流利起来，也有了些灵感，说出了很聪明的话。

"她和我就像亲姐妹一样，她有事不找我又找谁呢？"小妹阿姨放下茶杯，理了理头发，从网袋里摸出点心盒子，随手放在桌上。

小叔叔立即站了起来："这是干什么？是特地来叫我难为

情的吗？”

“一点儿小东西，你这么推我倒要难为情了。”

“不行，不行，你无论如何要带回去的，小妹阿姨。”

“这点点东西，哇啦哇啦的，叫人听了也忒小气了。”小妹阿姨将盒子重重一按，那盒子便像按进了桌子里面似的，不好再动了。小叔叔只好干搓着手，连连地说：

“难为，难为！”心里却是极明白，小妹阿姨必定有话要说，要说的什么，他是半明半暗。

小妹阿姨重新端起茶，细细地喝着。小叔叔盯着她喝茶的嘴，等着从那里说出一些很难应对的话。她终于放下了茶杯，却问道：

“烧开水用的也是火油炉？火油不是太费了吗？”

“附近有老虎灶，到老虎灶泡水哩。”他回答。

“那好。”小妹阿姨说了一句，就不再说什么了。

“姐姐今日来此地是找人吗？”小叔叔问道。

“有事，正好从这里走过。”她说。

“我嫂嫂还好吧？”

“你要想她来，我回去就对她说一声，很便当的。”

“没得事，没得事。”小叔叔微微有点发窘，摊平手掌摩挲着短短的头发根。

“你嫂嫂命很苦，你要对她好才好呢。”小妹阿姨很知心地开导他。

"是啊，是啊，我哥哥死得太早了。"他回答。

小妹阿姨又喝了一回茶，放下茶杯，他便抬起头看她，等着她说话。他盼着她赶紧说，说了反倒安心了，他决不相信她是没有来意的。她则站起了身，说：

"歇够了，茶也喝了，该走了。"

小叔叔紧张了这半天，不料什么也没发生，简直有点失望，却也松了一口气。

小妹阿姨走到门口，又停住了，回头说道："那事，你嫂嫂没有和你说吗？"

"什么事？"本来已经松懈下来，这时不由一怔。

"你退休回乡，我们给你看房子的事呀！"

"她说了。"他措手不及，就这么说道。

"你真的想想，这房子，让我们住，总比空关着好。户主是你，房主也是你，我们不过结伴住住罢了，你说呢？"

"小妹阿姨考虑得很周到。"他只得说道。

"就当出租给我们住的，我们每月付房租好了，小叔叔。"小妹阿姨微笑着，半真半假地说。

"小妹阿姨又说笑话。"小叔叔额头上冒汗了。

"不说笑话，我们是亲兄弟明算账。"小妹阿姨微笑着看他。

"钱的事情好说，不过……"他挠着短短的头发，头发便发出沙沙的声音。

“不过什么?”小妹阿姨问道。

“要到我退休，你们才好住进来呢?”他说道。

“那自然是要等你退休了。本来就是商量退休了的事情。现在请我住过来我也不来呢，这样冷清，这样路远，做什么也不便当。”

“就是这话，就是这话。”

“不过，户口倒可以早点儿迁过来的。”

“户口不忙，户口不忙。”

“忙倒是不忙。不过事情还是慢慢地一点一点办着好，我不喜欢临到时候心急慌忙的。”

“是啊，是啊!”形势迫人，小叔叔的灵感调动不起来，只有应付的份了。

“好，我走了。我让你嫂嫂晚上来啊!”小妹阿姨见这情形，明白不便逼得过紧，到好就收了。她走出狭狭的小街，水龙头正大开，哗哗地冲击一条床单，水花四处溅着，落在她穿着方口布鞋的脚背上，凉沁沁的。她走了过去。

汽车慢慢驶进嘈杂的市中心。人潮如涌，推着她身不由己地乱走，好容易过了马路，走进了五十七号阿姨的弄堂，告诉她晚上去一次闸北，她小叔叔有事找她，然后就慢慢地回自己的大楼了。她相信，在她今天努力的基础上，再由五十七号阿姨来一些枕头上的缠绵，事情就有八九成的希望了。她虽没有结过婚，也没经过男女间的故事，可是其中的道理却是无师自通的。

张家方面的路一断，她的全部心思便注入在了闸北方面。每隔一二个月，便和着五十七号阿姨去一次闸北。带点儿菜去，在他的火油炉上烧几个小菜，小叔叔吃得眉开眼笑，什么事情都应承了下来。小妹阿姨乘机就提迁户口的事，他便说："已经是妥定了的事，户口不过是早迁晚迁，我一个顶天立地的男人，怎么会欺骗你们。"五十七号阿姨早已叫他几句好话说得晕了头脑，也跟着说："姐姐忒性急了，他要敢反悔，看我不杀了他的头。"说着便用手在他颈后砍了一下，他则及时缩了一下脑袋。

小妹阿姨坐在灯影的暗处，默默地看着叔嫂俩一句去一句来地逗嘴，心里怅怅的，有一点儿屈辱，有一点儿气愤，又有一点儿忧愁。脑子里什么也不愿想，什么也不敢想，只怕想多了，会放声哭起来。她将相握着的手，平平地放在膝上，静静地坐着。脸蒙在灯光的黑影中，头部与肩膀的轮廓上镀了一道光亮，纹丝不动，一座观音似的庄严和肃穆。

距离小叔叔退休尚有十年的时间，小妹阿姨决计等待十年、奋斗十年，直到搬进房子的那一日。她对那一日的渴望已经到了不敢憧憬的地步。她不再观望远处，只注意着眼下的每一日、每一月，勤勤恳恳地度着岁月，好将那岁月一日一日地度过去，然后走进那房子。与那房子之间，有着十年的路程，小妹阿姨除了她固有的精明以外，还要加上耐心和执著。她毫不懈怠地一步一步走着，走到第五个年头上，希望的曙光开始隐现，再有同样的一段时光与努力，房子便可得了。

却不料，粉碎“四人帮”不久，恢复了顶替制度。遵着这制度，小叔叔提前退了休，让他家老三，一个呆头呆脑、土里土气的小苏北佬儿进了工厂，迁入了户口，成了房子合法合理的主人。他将在这房子里娶妻、成家、生儿、育女，一代一代地过下去。

小妹阿姨大病了一场，躺在病床上，她细细想着自己的一生。她想：当年在张家，要想着终会有老太太没了的一日，就不必太逞强称霸，至少讨好讨好小辈；既要逞强称霸，干脆逞到底，再赶也不走，死不迁户口；既为了脸面，只得走了，这时好歹找个男人；就说不嫁人，趁着“文化革命”开始，不那样心慈手软的，挤进去抢一间房子；退到最后一步，要趁小叔叔高兴的日子，硬拿了户口去迁，他不依，就告他个欺侮寡嫂……事情败就败在她做事为人，不能好，又坏不到底。她虽是有勇有谋，却又少了眼光。可是，纵然小妹阿姨有多少精明，能奈何得了时代的潮流吗？小妹阿姨再逞强，终也强不过命了。

天仙配

夏家窑的村长发了大愁。他日想夜想，这事可如何收场呢？

事情要从打井说起。打井又要从夏家窑的那股泉眼说起。那股泉眼是夏家窑的生命之泉，它从山那边淌过来，淌到这山折折里的夏家窑。夏家窑，就好像一只飞得特别高的老鸹下在山折折里的一个蛋，挤在石头缝里，再也找不着了。可夏家窑却世世代代地生存下来。夏家窑古时是烧炭窑的。那时候，山是青山，树林非常茂密，泉水就从树林里穿行而过，坡坡坎坎里，都是窑眼，烧着木炭。所以，夏家窑就被窑烟蒙了一层白雾，夏家窑又像是天上掉在山折折里的一朵云。从这庄名也可看出窑家是夏姓人，但这只是开始，后来又来了一户孙姓，是沿着挑炭出山的山路找过来的。夏姓人慷慨地收留了孙姓人。反正有着满山的树木，泉眼很旺，日夜不停，从春到秋，从冬到夏。淙淙的水声，是夏家窑的天乐。又是很多代过去，夏姓和孙姓繁衍后代，人丁兴旺，坡坎里的窑眼挤挤挨挨，把山都挖麻了。不知不觉地，树林稀了，土也薄了，接着，泉眼细了，争窑的事端就此开了头。先是来文的，到衙门打官司。其时，夏姓和孙姓都是富户，买得通官，请得起讼师。可官司是个无底洞，扔几架金山也咽下去了。官司打了十几年，夏姓人和孙姓人的钱养肥了几任知县知府，状子就是批不下来。于是，就来武的了。两姓都是旺族，有的是人，前仆后继地打了几年，最后是，孙姓人把夏姓人赶下了山。这也就是夏家窑里没有一个姓夏人的缘故。再是多少代过去，树木都烧光了，窑呢，一口一口地熄了火，凡是有土的地方，都驴拉屎似的种上了庄稼。夏家窑如今连个旧窑址都找不着了。泉眼只剩手指头粗，很稀薄地贴着山石，一点一点洇过去。甚至有那么几次，很危险地断了流。打井的事情，就这么来了。

打井是村长的提议，村委会讨论通过，大家集资，到县农科所请了技术员，买了设备，每户按人口田地摊派义务工。然后，钻机声就在夏家窑寂静的天空中隆隆地响起了。此时，山已经是秃山，山折折里尽是石头基，土坯墙，茅草顶的房屋，挤仄得前檐接后檐，人就在檐下侧着身子走。钻机日夜不停，歇人不歇机，拉了电灯，照得铮明，小孩子在灯下窜来窜去，可真是热闹啊！像过年似的。村长就背着手，走来走去，吩咐这，指示那，哪想得到会出什么事呢？样样看来都是喜庆的迹象，技术员说不两天就可出水，没一个人说过晦气的话，做过有凶兆的梦。天天都是晴天，大好的日头。可是清石头的时候，却把孙惠家的独苗，孙喜喜，埋在井下了。村长恨不得在井底下的是他自己。

孙喜喜今年十八岁，去年高中毕业，没考上大学，准备复习一年，今年再考。他长得清眉朗目，宽肩长身，又爱穿西服，就像电影上的人。初中时，就有女同学给他写信，表达爱意，还有上门来提亲的，但都被他拒绝了。他一心要考大学。他认为，只有考上大学，才能走出夏家窑。走出夏家窑，是夏家窑这一辈的青年普遍的想法。他们认为上级政府对夏家窑的种种扶贫政策，其实都是白搭。什么送电，拨款，传授养长毛兔的技术，等等，都不是根本的办法。根本的办法只有一个，就是迁徙，丢下这块不毛之地。当他们听说二十年前，政府曾经动员夏家窑迁到山下平地去，还给了迁移费。可夏家窑就是不走，有人呢，走了，走上个把月，花完了迁移费，又回来了。这一段历史可把他们气炸了。他们甚至还有人动心思，去乡里讨回这个政策。可是乡里回答说，这可不好办了，现在都分地了，二十年来，平地上的人口更稠密了，你们往哪儿插呢？谁能匀出地给外来户呢？这样，走出夏家窑，就只有靠个人奋斗了。像孙喜喜这样有知识、有头脑的青年，走出夏家窑的决心就更比别的青年要坚定、执著。可是，现在他非但没走出夏家窑，还埋在了夏家窑的山肚里了。

孙喜喜他爹妈只他一个孩子，还是个老来子，四十岁上得的，传宗接代的指望都在他身上。兴许是那遥远年代，孙夏二姓争窑的胜负结局给后人留下的生存原则，夏家窑特别重子嗣。若不是人多，怎么能打败夏家，占山为王？人嘴能吃穷山，可是没人呢，连穷山都没了。人，是立足之本啊。夏家窑不怕穷，只要有儿子，就是个富户。院子里，爬着带小鸡鸡的，披屋里，草盖着寿材，那么就前有古人，后有来者，做人的着落就有了，其余都好说了。为了这，夏家窑每年都要欠下大笔的超生罚款，说实在的，它的穷有一半是罚穷的。村长要不是为超生，部队上带回来的党籍怎么能丢了。所以这里的青年定亲都早，怕人家女儿不肯来这穷地，就下大彩礼，夏家窑的彩礼大是著名的。这一来，又把它那一半穷掉了。孙喜喜他爹妈早为孙喜喜积攒下厚厚的彩礼，人民币都掖在炕席底下，就等着定亲那一天。无奈孙喜喜就是不要，硬是要上大学。就这么一个儿子，什么事都指着他，又什么事都由着他，挺不好办的。不过，孙喜喜就这件事上不听大人的，其他地方都是个好孩子，性格特别绵善，也孝顺。这不，打井派义务工，他爹孙惠一个人就够了，可他偏不，要顶他爹去。孙惠觉得儿子是顶他去死的，心都碎了。

孩子就这么走了，孙惠用年前备下的板子发送了儿子。这板子原先是备给自己打寿材的，备料时怎么想得到睡的会是自己的儿子？孙惠又觉得自己是送儿子去死的，年前就送上路了。真是过不去啊！发送完儿子，老两口拾掇拾掇，就喝了农药。幸好半路被人看见，夺下瓶子，再连夜送到乡卫生院，救下了。人是回来了，可那心却回不来了，只剩一口气罢了。村长看着并排躺在炕上的一对孤老儿，心想，怎么才能救老人的心呢？村长想了三天三夜，终于想起了这么一件事。

这事就更远了，要远到打胡宗南的时节，几十年前的事情了。村长是五十年代生人，这事也是听老人们说的。说的是胡宗南进攻陕甘宁的时候，夏家窑跑来一个受伤的小女兵。不知是哪个部队的，叫胡宗南的队伍打散了。小女兵伤在肚子上，沿着一条古时挑炭的旧道，硬是爬到了夏家窑，钻进了孙来家的草堆里。那时，孙来他奶奶还是刚进门的新媳妇，早起抱草烧锅，见那草堆都让血染红了，接着就看见草里窝着个小女兵，小脸苍白，眼闭着。小女兵在孙来家的草堆里窝了七天七夜，乡亲们都去看她。开始还想搬她进屋，可一动她，肚子上的洞就流血，再不敢挪她了。也不敢喂她吃喝，她一吃喝，肚子上的洞就流脓。她已经说不出话了，问她什么也未必听见。她只是睡着，偶尔睁开眼睛，很安静地看看天，夏家窑被山挤成狭缝的天空。她的眼睛特别黑，特别大，眼毛又长又密。看一会儿天，又合上了。她只剩一口气了，可这一口气就是不散。乡亲们都落泪了，想她实在是舍不得走啊！那么年轻，还没有活过人呢。大家一起相帮着在孙来家草堆上搭了个棚，好替她遮挡夜里的露水。草堆上摞几床被，围住她。小女兵显得更小了，就像个婴儿似的。就这么，第七天傍晚，小女兵终于咽下最后一口气。咽气前，她开口了，叫了声“妈”，声音很脆生，就像没受伤的好人似的，可是紧接着就闭了眼。这时候，脸上竟有了丝血色，红润润的。人们听她叫妈，就想她妈在什么地方正牵挂着她呢，哪想得到她是来了夏家窑呢？这一声“妈”，就当是叫夏家窑吧！大家凑了副杂木薄板子，几十年前的夏家窑，虽然不烧窑了，树还是有几棵的。大家凑了副板子，发送了她，将她埋在村口高岗子坟地里。人小，棺材小，坟也小，像个小土墩子似的。到了清明，自会有人在坟头给她压层土。

这时候，村长就想起了小女兵。在人们的传说中，这是个俊俏的乖女子，有一双大而黑的眼睛，尖下巴颏。村长想，给孙喜喜结个阴亲吧，老人心里好歹有个念想。他又想，孙喜喜一心想考大学，就为了走出夏家窑，走到什么不知名的地方，现在走不成了，可小女兵是从外边不知名的地方来的，兴许是个大码头，当兵嘛，也多半是有文化的人，说给孙喜喜，也称他心的。还有，这两个孩子都走得叫人心疼，前一个遭了老罪，后一个呢，是眨巴眼间没了天日，神都返不过来呢。又都是花骨朵样的年纪，还没活过人呢！村长在想象中看见了小女兵望着夏家窑的天的大眼睛，一点不诉苦，一点不抱怨。这两个苦孩子会互相心疼的。村长的眼眶湿了，心里十分酸楚。停了一时，村长摇摇头，对自己说，你还当真了呢！他虽然丢了党籍，可毕竟是受过教育的，是唯物主义者。此时却想，还是唯心主义好，唯心主义慰人心，让人走到哪一步，心里都存个念想。

夏家窑替孙惠家办了这门阴亲。将小女兵的坟起了，与孙喜喜合了坟，立了夫妻碑。因不知小女兵姓甚名谁，就新起了一个，叫凤凤。是个娇名字，想她这么苦，这么孤，现在有人疼了。纸扎了洞房，贴着白色的喜字，内有床柜被褥、电视机、电冰箱、电话机，院子里除了骡马猪羊，还停了辆汽车，和着纸钱，一起烧了。请来一班吹鼓手，吹了大半天。又办了几桌酒水，凡有头有脸的都上了席，包括那名打井来的技术员。酒席上，村长红着眼对孙惠两口子说，往后，你们过你们的日子，孩子过孩子的日子，两下里都要好好的。从此，孙惠家果然安宁了。倒不敢说不伤心，伤心还是伤心，不时也要哭上两把，可到底是把日子过下来了。一日一日，冬去春来，不知不觉三年过去了，新坟变成了旧坟。然而，不曾想到的事来了。

这一日，近晌午的时候，夏家窑开来了一辆吉普车，开到村口就不得已停了下来，走下三个人。头一个是熟人，王副乡长，来过夏家窑几回。一回是来宣布对村长的处分，二回是来发救济款，三回是通电那晚，还在村长家住了一宿。后两个就眼生了，但一看就是城里的干部模样，一老一少，都穿着黑皮夹克，脸白白的，戴眼镜。王副乡长对看热闹的小孩一挥手，告你们村长去，客来了。于是，一串孩子顺着山坎，一溜烟地跑了。等这里磕磕绊绊、脚高脚低地走近村长家院子，村长家的鸡已经杀了，正等着锅里水滚好拔毛。派去供销社买烟的小孩也回来了，村长则站在院子前迎客。王副乡长向村长介绍那两位，一位是县民政局的老杨，另一位是县文化局的小韩，边说边进了屋。初春的日子，还冻得很，屋里生着烟囱炉，炉上坐了茶水，主客围炉坐下。先是一番问暖嘘寒，再是一番秋收春种，然后静场一时，那个民政局的老杨掐了烟，咳一声，说话了。

老杨开口第一句便问村长，今年多大年纪。村长说，比王副乡长虚长一岁，五四年生人，属马。又转而问道，王副乡长可不是属羊吗？老杨又问，家中老人在不在了？村长道，母亲是七岁那年没的，父亲呢，年前也走了。老杨再问，这庄里目前还在的，年纪最长的老人是谁家的？村长就笑了，说老杨您有什么事，尽可问我，只要是夏家窑的，不敢说上下五千年，一百年却是敢讲的。老杨被村长这么一说，脸上便有不悦之色。王副乡长在一边圆场道，这里的老人没大见过外人的，话又说不清，不如先问村长，问不到了再去把老人找来问。这样，老杨才说到了正题：一九四七年春上，夏家窑有没有来过我们的伤兵。村长心里咯噔了一下，嘴里却说，可不，您问的这事我正知道，打小就听老人们讲古，说是胡宗南进犯的时候，跑来过一个伤兵，沿着古时挑炭的旧道爬过来的。老杨和小韩对看一眼，又问，是男还是女？村长心里又咯噔一下，想他们怎么想起来问这个？嘴里就有些含糊，女的吗，女伤兵可不多。老杨说，还是去找个老人吧。村长一听，只得把话说实了，是女的，所以我才记下了呢！老杨这又坐定了，再问，多大年纪。村长说，当兵的年纪总归大不了。这一回，老杨很坚决地站了起来，小韩也站了起来，他们要村长带去找老人家打听。这时候，村长家里的以为他们要走，便上前留饭，说面条都擀好了，鸡也炖烂了，说话就齐，怎么也要吃了饭走。村长就不让走了，王副乡长也帮着说话，说吃过饭再去找老人也不迟。这样，那两个只得坐下来，暂把话题搁一边，说些闲篇。喝着酒，吃着辣子鸡，老杨的脸渐渐红了，眼睛带了些水光，柔和下来，说话也不那么硬了。村长一边劝酒，一边暗地思忖他们的来意。听他们的问话，句句都是指着那小女兵，不像是胡乱问的。是小女兵她家里人找来了？又为何这多年没音信，这会儿却特地来问？要是她家里的人，就不知是个什么身份，在什么地方，想把她怎么着？倘若知道有孙喜喜这门阴亲，又会是个什么态度呢？村长不敢想，心里很不安。有几次走神，问他话只支吾着，等醒过神来，就想，这样不行，他要争取主动，摸清来人的底，再想对策。这样一径地躲，躲得了初一，躲得了十五吗？

　　这样，村长就将搁在一边的话题再又挑了起来。他从孙来他奶奶在草窝里发现小女兵开头，直讲到第七天傍晚，小女兵终于开口叫了声“妈”，合上了眼。最后，他大有深意地结束道，小女兵这一声“妈”叫的是夏家窑啊，所以这多年来，夏家窑一直把小女兵当成自己的孩子。饭桌上一阵寂静，都有些动情。半晌，老杨才说，看来就是她了。停了一会，村长小心地问，就是谁了？老杨看了他一眼，说，烈士李书玉。接着，便将事情的原委一五一十地道来。

李书玉，江苏人氏，一九三〇年生人，金陵女中学生，在学校时就接近革命，宣誓加入了中国共产党，与男友一同赴延安。不久，延安战略撤守，在过黄河时遇敌军追击，受伤掉队，从此没有下落。据最后看见她的同志说，她受伤就在这一带。她的男友一九四九年后便从部队转到了地方，曾在南北数省任领导，现已离休。虽然早已成家生子，但几十年都怀念着他的初恋女友李书玉。尤其是近年来，他开始写作回忆录，往事涌上心头，就生出寻找她下落的念头。早在半年前，就由省民政局发函来问过。这位小韩，是负责撰写这一地区的党史的，凡是当年发生过激烈战事的地点他都去寻访过了，却没有收获，回了上去。这不，前几日又下来一函，让再寻访寻访，说是受了伤掉队的，总走不远，一定是在这一带。于是这一回，无论是有过战事还是没有过战事的地点，都挨个儿走上一回，这才来夏家窑了，是这一乡最远最背的地点。来时是从县上开一辆桑塔纳，到了乡里，因是要去夏家窑，便让派出所出一辆吉普，换了车，一路颠上来，有几处石头滚了坡，还都下车去搬石头，推车，这才到了夏家窑。原是没抱什么指望的，不想倒有了结果，真是踏破铁鞋无觅处，得来全不费工夫啊！老杨一是高兴，二是喝酒，话就滔滔不绝起来。

村长听着这些，心里茫然着，怎么也不能把小女兵和“李书玉”这个名字联系起来。草窝里的小女兵，这个苦妞啊！虽说是几十年过去了，夏家窑少有人见过她，可却是活生生的。再加上和孙喜喜的阴亲，就更是眼一闭就到了跟前。不过，这回不是窝在草堆里了，而是偎在孙喜喜的怀里。可是，“李书玉”是谁呢？“李书玉”和这些有什么关系呢？这名字听起来，确实就像老杨说的，一个女烈士，可以上书上报，是个大人物。夏家窑原来还隐姓埋名着个大人物啊！村长就像在做梦似的。他就是趁着这股迷糊劲，应了老杨要去瞻仰烈士墓的要求，将面碗一推，站起身，走出了门。

酒喝得有些上头，脚下微微发飘，身子就很轻快，心里也很轻快。晌午后的太阳明晃晃的，略有些懒，庄子里很静，猪在圈里哼哼，鸡安静地啄食，偶尔地“咕”一声。村长带着那三个在夏家窑的沟缝里走着，还走过了孙惠家院子。院子里没人，晒着一席粮食，门框上挂着一串红辣椒，挺醒目的，日子过得像是返过一点神了。村长心里依旧茫然着，从孙惠家院子前走了过去。渐渐地到了村口那片高岗上，是夏家窑几十辈子的坟头啊！看见坟头，村长脑子清醒了一些，他想，他们这是来做什么呢？脚下却机械地绕着坟头，向孙喜喜那里走去。现在，没有退路了。

这四个人站在了孙喜喜的坟前，是个双坟头，石碑上刻着两个人的名字，孙喜喜，凤凤。村长抬头看看天，天蓝蓝的，远处，山坡上是人家庄里的苹果树，褐色的树枝，矮矮地巴着地。清明没到，已有人赶早来上过坟，有几座坟头上的土坨是新铲的。还有一座新坟，扬着白幡。他向四周望了一遭，转回头看见了那三人疑惑不解的眼睛，他惭愧地笑了一下，低下头去。

村长从此就开始了发愁的日子。开始，没什么动静，就像什么事都没发生过似的。那吉普车一开走，转眼没了影，什么老杨小韩的，也都没了影。再过几天，庄上就有传言起来了。传言说，小女兵的家人寻了过来，要把小女兵接回祖籍去。又说小女兵的家人都很发迹，也有权势，有说在北京的，有说在上海的，还有说在香港台湾的。话传到孙惠两口子耳里，老人就来找村长了，问有没有这回事。村长心想，能瞒一日就瞒一日吧，说不定事情就到此为止了，不是没动静吗？那老杨小韩兴许在别处找到了真的李书玉，小女兵就还是小女兵了。这么想，便说，没这回事。老人却又问，要真有这事可怎么办？村长想都没想，脱口就道，有又如何？咱们给烈士找婆家也没错，孙喜喜是个正派孩子，当年学生下放，不还有找庄里农民成亲扎下的？老人这才舒了口气，回去了。村长再回头想想自己方才的话，心里好像也有了底。一天一天平静无事地过去，村长就更有底了，心想，没事了，没事了。正这么想的时候，乡邮递员却捎来了王副乡长的话，让他明日去一趟乡里，有话同他说。

村长颠颠地骑着自行车，往乡里去，心里七上八下的，不知是什么事情在等着他。沿路常有各庄子派出的义务工在修路，大多是星期天放假回家的学生，脸在学堂里捂得白白的，穿着牛仔裤，或者西服，怕脏了衣裳鞋袜，干活不免就乍手乍脚的，还不时停下来讲国事，说笑话。听见自行车响，就回头看，脸上还带着笑，露出一口白牙。村长心里一惊，他看见了孙喜喜。太阳热辣辣地晒在背上，浑身上下出了点汗。有几段路是要下车推着走，又有几段是要扛着车走。山下平地里的麦子都有一拃高了，山里就有了些单薄的绿意。村长想着，王副乡长招他去，会有好事还是坏事呢？上回开除他党籍就是招他去乡里说话的。但有几回发放救济款也是招他去乡里说话的。不过他任怎么想，对这一次说话，心里还是有几分知晓的。离乡里近一步，心里的明白劲就强似一分似的。

星期天，乡里的办公室都锁着门。村长沿着砖砌的甬道，穿过办公室，走到后院。后院有两排平房，传来剁馅的锵锵声，还有电视机里的歌曲声。王副乡长就住那里。王副乡长正蹲在地上拾掇自行车，一架车给拆得东一摊，西一摊，一盆水里泡着破破烂烂的一根车胎。村长正想在王副乡长跟前蹲下，王副乡长却站了起来，乍着两只大黑手，说，我看你怎么交代，把人家女烈士娶了阴亲。话这么挑开了，村长倒心安了，他耍着油嘴说，我的党籍已经开除了，你就开除我的人籍吧！王副乡长不和他油，盯着他问，你说怎么办？村长又笑，王副乡长就说，人家信都来了，下个月要来看坟呢，你拿什么给人家看？村长笑不下去了，抬眼看着王副乡长，看得他有些心软，说，回去把坟刨开了，另立一块碑。村长一急，说，坟不能刨。王副乡长说，不刨怎么办？村长说，要刨坟，老人又喝农药。王副乡长一听这话就蹲了下去，接着在水盆里洗猪肠似的捏弄那根破车胎。他也是乡里人出身，如何不知道刨坟的事大。村长也蹲了下去，将手插进水盆，帮忙的样子，然后就说了那天和孙惠说的同样的话。王副乡长"嘿"了一声，道，这阴亲配得也不合适，岁数就不对。村长也"嘿"了一声，你连这个都不懂吗？人在阴府是不增寿的，否则，为什么要叫阳寿呢。王副乡长说，你同我说这话行，你同人家说行吗？村长觍着脸，那你去说。王副乡长把水盆一拖，背对着他不说话。村长空着两只湿手，脸上十分尴尬。半晌，他慢慢地站起身，说，走了。也没人搭理，王副乡长生气了。

往后的几天里，村长有几回走到孙惠家院子前了，又折回来。老人家门框上的那串红辣椒，辣着他的眼，这好像是一点过日子的心劲，不是那么旺的，稍不留意就会扑灭了它。还有几回，他走到了那口井边上，往里瞧瞧，黑洞洞的深处，有个人影，远远地望着他，一言不发。村长想，真是多一事不如少一事啊！庄里的谣言传过一阵又平息了，这时倒是格外的安静，只有村长才感觉到不妙。清明到了，村长给老人坟上添土时，看见孙惠家的也在坟地，烧了一沓纸，又烧了一些纸扎的小孩衣裤鞋帽。他装作没看见，不料孙惠家的叫住了他。村长，她说，一边擦着泪眼，这俩孩子也该添人口了吧。村长嘴里敷衍着，那是，那是。脚下快快地挪步，想离她远些。她却也挪快了步子，紧随着他，口里念着，添个闺女，再添个小子。那是啊，村长说。他们一前一后走进庄，终于分了道，各走各的，村长这才放慢了步子。他将手插在袖筒里，腋下夹着铁锨，慢慢地往家走，心里定下个主意。

清明过去半个月的光景，果真如王副乡长说的，来人了。一个是老头，另一个是老太，都花白着头发，腰板倒挺得很直，是大干部的模样，由县上的干部陪着。王副乡长，还有老杨，小韩，也来了，却到不了跟前，只尾随着。早有人去报告村长，村长一路小跑地迎去，脚下打着绊，几次要摔倒没摔倒。迎到跟前，就往兜里摸烟，竟摸不着兜。这时，他才发现他的手在哆嗦。他的嘴也在哆嗦，话都说不成句了。那两个老人却很和蔼，还同他握了手。引去村委会的路上，村长心里颤颤的，但却是另一番心情了。他看见了老人花白的头发，还有脸上的褶子，尤其是那老汉，虽然是干部的装束，可那眼皮下的囊肉，和庄稼老汉差不多。他们的和蔼触动了村长，清明那日定下的主意，在这一时竟动摇了。他想，他们也不容易。走到村委会，门早已打开了，地扫净了，水烧开了，人一到就沏上了茶。坐下，聊了几句闲天，人口啊，提留啊，年收入啊，就学率啊，等等，便言归正传，那老太发言了。

老太操着一口清脆的普通话，听声音就像个年轻妇女，广播电台里的那种。她开门头一句就是，感谢老区的人民，保护了我们的烈士。然后又接着说，李书玉同志是老樊青年时代的朋友，一起参加革命，几十年来，我们没有一天忘记过她。村长的心渐渐静了下来，他忽然明白，这对老人不是小女兵的父母，而是她的同辈人。他这才想起来，这老头原来是小女兵的未婚夫。就是说，小女兵要是活着，就该也像这个老太一样的年纪，一样的装扮，一样的清脆的普通话，称他们为“老区的人民”。村长心里的感动平息了，甚至有些不舒服，他再接着方才的思路想，那么，这老太算什么呢？她不是占了人家李书玉的窝吗？当然，李书玉死了，老樊总归是要娶的，可人家既然旧情还在，她在这里来什么劲呢？照理说，她都不该跟着来的。村长心里的不舒服变成了反感，于是，方才动摇的决心，此时又定了。

老太说完，大家都静着，等村长说话。村长咳了一声，慢慢抬起眼睛，说道，真是对不起首长和领导，事情兴许有些误会了。所有人的眼珠子都瞪起来了，先瞪村长，又转过去瞪王副乡长、老杨和小韩。那三个通红了脸，不约而同要张嘴说话，却被樊老头的一个坚决的手势制止了，示意人们继续听村长说。村长说，昨天夜晚，听说首长要来，就特地把夏家窑七十岁上的老人会齐来问情况，老人们有的说记不清了，有的倒还记得，说孙来家草窝里的小女兵其实不是兵，是不晓得哪个地界上的砍柴的女子，失了脚，掉了崖，挂在树枝上，才留住一条命，然后顺着古时的挑炭的旧道，爬到了夏家窑来了；因为正是胡宗南进攻的当口，人们就把这两件事联起来传了；还有，那小女子头几天还能说话，见大爷叫大爷，见大娘叫大娘，好像是山西那边的口音，这就对不上了；因为是烈士的事，政府的事，不能有半点差错的，要不，咱们也对不起烈士李书玉啊！老头的脸板着，十分僵硬，他一动不动地坐着。村长发现，至此，老头还只字未语。老太显然不是省油的灯，当即向陪同前来的副县长发难了，你们的工作是怎么做的，老樊知道找到了李书玉同志的下落，激动得几夜没睡，血压都高了。副县长的脸一阵红一阵白，只能对老杨和小韩责问，老杨小韩再向王副乡长责问，最后是王副乡长望着村长，虽然一言不发，可那眼睛是把村长十八代祖宗都骂到了。村长不接他的茬，把眼睛挪开，看外头。外头地上站着乡亲，静静地看着这一幕。村长将人头看了一遍，没看到孙惠和他家的。

老太又说，老樊也知道你们搞了迷信，结什么阴亲，但老樊并不计较，农民嘛，是需要长期教育的，老樊只是想把李书玉同志的遗骨送进烈士陵园安葬，也了了几十年的心愿，对后代也是教育。真不知道你们基层的工作是怎么做的，这不是不负责任嘛！村长心里静得很，老太说什么他并没听进去，只是看着她的嘴，想怎么会有那么多的词这样不间断地从这嘴里吐出来，就像炒锅崩豆子似的。忽然间，那老头又做了个坚决的手势，老太戛然而止。老头站起身，说道，看看那女子的地方吧。他声不高，言语也不多，可村长却震了一下，他不由跟着站起身来。他又在老头那双垂着囊肉的小眼里，看见了一些熟悉的东西。就是这些熟悉的东西，透着一种你知我知、天知地知的了解，厉害着呢！村长又有些不安了。他乖乖地引着人们走出村委会，门前的人群默默地让出一条道来，看他们走过去。

村长带着他们沿了沟坎走，阳光从屋檐上漏下来，一条条的，照着半张脸，都沉默着。离他们一段距离，是夏家窑的乡亲们。屋檐后边是光光的山崖，崖顶是雪亮的太阳，空荡荡的，什么都没有，崖的那边是另一个世界，是什么样的世界呢？人们来到了孙来家院子，孙来和他媳妇还有他爹妈，站在院子里，比划给来人看当年那一堆草垛的地点，又比划给来人看当年的院子是如何，现今改掉了哪些。南墙朝外推了几步，山墙也撑了出去，所以地形就有些两样了。一边说，一边往四处撵鸡，不让它们到中间那块地面来，鸡就喳喳着。人们围了院中间的空地一圈，想象是当年窝小女兵的草垛的地方。老头沉着脸，听孙来他爹说话，说那小女兵在草堆里度过的七天七夜。孙来爹也是听他娘说的，他是小女兵来到后的第二年生人。村长蹲在人圈外头，不再说话。孙来爹的声音好像是从很远处传来，漏出好些破绽，他口口声声称她为“小女兵”。老头并没有置之疑问，村长也不去纠正。他知道没什么能哄住这老头的，他钝钝的，却看得清底细。这老头身上有一种东西，确实打中了他，这也是钝钝的，是钝钝的悲哀。

然后，队伍就由老头带领了。他领头出了孙来家院子，村长不由得随在身后，向村口坟地走去。老头将手背在身后，抬起头四下里打量。看门里的院子，圈里的猪，场地上晒的粮食。有小孩子挤了他的腿，他还摸摸小孩子的头。老头的脸色松开了些，不像方才绷得那么紧了。那种钝钝的东西，似乎变得柔软了，可以流动的了。近午的阳光照着他花白的头顶，村长想，多少日月过去了啊！从这老头的头顶上过去，也从夏家窑过去，可是小女兵还是小女兵。他们来到了高岗上的坟地，站在孙喜喜和凤凤的合坟前头。清明添的土还湿润着，坟头的土坨坨也是新的，土坨坨下压着一张粉红纸，炫目得很。老头对着坟站了一会，转过身，看一眼身后围着的乡亲，低下头从兜里摸出一个小钱夹，夹子里摸出张相片，递给人群中一个老汉，说道，您老看看，是这个女子吗?

老汉拿了相片看了半晌，没吭声，传给了另一个比他还老的老老汉。老老汉看了一会，也没吭声，再传给一个老婆。老婆又传给老汉。相片在人群里传了一遭，最后传到了村长手里。这是一张比手指盖略大一点的旧相片，泛黄了，却还是清晰的。照的是半身正面，学生头，齐额的刘海，旧式便褂的竖领，嘴抿着，不笑，眼是黑漆漆的。从未谋面的小女兵一下子跳到了眼前，村长觉得已经认识了她几十年似的。几十年，他在娘肚子里从无到有，再从光腚猴长成这么个半老汉，可小女兵却一直是这副面容。就和相片上一样，不笑，不吭声，眼睛黑漆漆的。这个受了伤的小雀儿啊！村长眼睛湿了。他将相片还到老头手里，见几个老婆老汉都在擦泪。停了停，村长使劲将喉咙里硬着的一块东西咽下去，哑着声说，这多年来，夏家窑把她当自家闺女看。老头也哑着声说，她信仰共产主义，是无神论者。老头说过后，就看着地面，一动不动了。这时，村长知道，他到底是输给了这老头，他到底是犟不过这老头的。

这天晚上，村长迈过了孙惠家的门槛。他晓得，今晚他要迈不过这个门槛，老人家一宿不得安泰。他要一直迈不过这个门槛，老人家就一直不得安泰。老两口子见他来，立即明白了，掉起了眼泪。孙惠家的一把一把地擦泪，眼睛擦得通红，都烂了，那是叫眼泪腌的。哭了一会，孙惠家的便起身要去烧茶，被村长拦下了。村长说，这几天，早想来同你老说，可是一直没得闲工夫，说实话，也怕你老哭，就挨着，可不说呢，又老堵在心里，是块病。孙惠就说，村长，大家都知道你也不好办。村长拦住他的话，等等，你老先听我说。有半个月了，还是清明前，我就做了个梦，现在想来，是喜喜那媳妇托给我的。她对我说什么呢？她说，她和喜喜小日子过得不错，和和美美的，可是不期然的，玉皇大帝点了她去投胎。你老知道，她上一世没活够人呢，吃苦比享乐多，尤其是最后那七天七夜，真是煎熬啊，她想活人呢！我就说，那就去呗，你先去，二年把喜喜拉扯去，再做夫妻。她就说，大叔啊，你不知道，夏家窑太背了，挤在山折折里，路又不好走，还没有水，玉皇大帝的船撑不进来接我呢！她说，大叔，你能不能送我出去呢？梦做到此就断了。开始我倒并没有上心，不就是个梦吗？可是过了一段，这不，来了个首长，专为了认这女子，要把她带到省城的烈士陵园。我心里就不由一惊，这不是应了那日的梦了？是玉皇大帝托人来引路了不成？

第二日，村长就专派人到乡里，给王副乡长捎了信。说是一切都妥帖了，三天后可来人领遗骨，事情由他来操办，请领导和首长放心。

这一天，吉普车先后三辆连成一队，开来了夏家窑。近村口时，就看见高岗上许多人忙碌着，有白烟腾起，被风吹开，夹着些焦黑的纸屑。有指令从最后一辆车传到了第一辆，吉普车停了，停在距村口二百米的地方。没有人下车，就这么等着。高岗上坟地里的人们没注意到吉普车，兀自干着。他们由村长带领，在孙喜喜和她媳妇的坟头四角烧了四堆纸，一边烧，一边念叨，大爷大娘，大叔大婶，我走了，感谢这三年的处处照应，和睦相处，我走了，撇下喜喜和孩子，还请多多相帮。念罢，便开始起坟。铁锹试探着插进土里，辨别着方向，然后才下力一掘。再烧纸，这回是烧给喜喜的，说着劝慰宽心的话，还有大丈夫要自立自强的话。烟裹着烧不尽的焦纸，飞扬着，就像一群黑蝴蝶。经这几番折腾，几十年前的薄板子早已散了，村长将遗骨拾在一口坛子里，又在喜喜的棺木跟前抓了几把土。等他直起身，便看见了村口路上的吉普车。他将坛子捧在手里，想这坛子只装了这些遗骨和土，怎么就突然变沉了。他小声地说了句，凤凤，这就送你出山呢。他下了岗子，走上路。最后一辆吉普车里走下一个人，是那樊老头，手里拿一块红布，等他走过去，便用红布蒙在了坛子上，然后接过了坛子。车上的人纷纷下来了，没有那老太，村长心里感到少许的安慰。而就在这老头接过坛子的那一刻，村长觉得小女兵突然间变老了，也变得像樊老头那样的年纪，头发花白，垂着大眼囊。几十年的日月一下子走了过来，闪忽之间，没有了。

老头上了车，随行的人，王副乡长，老杨，小韩，都纷纷上了车。然后，车就开走了。村长站在路上，望着车沿了山路，慢慢远去。在他身后，人们继续干着活，将孙喜喜的坟重新垒圆，垒高，四周添了新土，又烧了一圈纸。石碑上，凤凤的名字油了红漆，表示人在阳间，留着个寿穴。

酒 徒

每一次喝酒，都是他赢。一上来，他并不怎么的，有些软弱地坐着，等别人向他敬酒，就礼貌地喝一点。菜却吃得比较多，这也不像会喝的人。所以人们便注意不到他了。其实，有心的人，或者是事后回过头来想，会发现这中间他并没间断喝酒。他缓缓地喝着，吃着菜，好像不是在酒席上，而是在家里，独斟独饮，挺享受的。但从酒场上的策略角度看，这时候的喝，有些像是铺底，或者热身。等他吃喝到一个程度，这个程度怎么说呢？就是说，他呢，脸色润泽了，眼睛里有了光，显得很满足。不是酒足饭饱的满足，而是恰如其分的，正好。看上去，他似乎变得胖了一些，腰也直了。而酒桌上则是到了酣畅的阶段。人们互相敬着酒，酒杯碰来碰去，一会儿一杯，一会儿一杯。不像刚开初时，人人都很警觉的，小心翼翼，谨慎地接受敬酒，再谨慎地想好说辞，去向别人敬酒。那是闸还没拉开，迫于水的压力，必得一点一点地打开闸门。等打到约莫二分之一，抑或是三分之二的光景，水流便推开闸门，一泻千里。酒喝到酣畅，就类似这个情形。

这时候，酒桌上的节奏是流畅的，类似行板的节奏。人人都很快乐，警惕性已经放下了，感情变得十分亲和。酒也变得滑润了。最初的辛辣的刺激已被微甜的回味盖过。它们尖锐地击中舌头中间的那一点，转眼便充盈到整个口腔，化成暖意融融。身体变得轻盈起来，思想也变得轻盈，而且绵绵不断。口齿则格外伶俐，妙语连珠。就在这时分，他来了。他开始敬酒。他敬酒的样子也是软弱的，甚至有些腼腆。总之，他就是这样叫人放松警惕。他都没有站起来，还是坐着，开始了敬酒。他的敬酒看上去只是礼节性的，完成一个仪式而已。只有在他一仰脖喝干杯中的酒时，那一仰脖的动作是带了些锐度。他迅速地、利落地一仰脖，杯底就干了。并且滴酒不洒。对，他喝酒从来不洒杯，不像有些人，酒洒了一路，滴滴答答，可一径洒到对面的菜盘子里。他斟酒也很利落，一条线下去，酒及杯沿下一分，再一条线收住。也是滴酒不洒。他吃菜也是这样，面前没有一点汤渍酱渍，鱼刺肉骨，在盘子里顺在一边，干干净净。他的手比较瘦，看上去略有些干燥，显露出骨骼。其实却很柔软，而且暖和。他的手形是较长的那种，但并不是艺术型的，而是有着劳作的痕迹，比如茧子。但依然很柔软。在那种枯干、粗糙的表面之下，有着一种敏感的气质，也不是艺术的，还是和劳作有关。他的手，是一种特别能够控制动作的手。准确，简练，镇定，从不失手。

现在，他一圈酒敬了下来，人们还是没有注意他。事实上，酒桌上闹成一团，谁也注意不到谁。在一片喧哗之中，只有他是安静的。但他的眼睛比方才活跃了，脸上有了微笑，有一种微醺的表情。他又敬了一圈。他一仰脖后，将杯底朝前一推，让对方看他干了的酒杯，果然滴酒不剩。这个动作渐渐显示出一点挑战的意思，开始影响对方了。他似乎是有点存心的，脸上的微笑更明朗了，好像是说，要的就是这个。他脸更红了，但不是那种猪肝色的，满头满面的红，而是根据不同的区域，深浅有致，就像一个气色特别好的人。他的手也红了，这使它们看上去丰润了一些。他还是不大说话，只是用酒杯往对方跟前送着，这就有了些逼迫的意思了。可是，酒喝到这会儿，多一杯少一杯已经无所谓了，你不叫他喝，他还要喝呢！这种快感，是有着惯性了，有些刹不住车的意思。可是人们却发现自己处在了被动的位置，而这一个后来者，竟掌握了主动。这不行。

酒场上，就是这样。不在于谁喝谁不喝，而在于谁叫谁喝。喝，其实都要喝的，谁也不甘心少喝一点。虽然，事情弄到后来，就像是谁也不愿意喝的样子。这很像是一个意志的角斗场，也像个谋略的角斗场。但意志和谋略都是从属的部分，真正的实力，还是酒量。所以，说到底，还是酒量的较量。意志和谋略都是为这场较量服务的。因为，如何保存实力，如何伺机出击，如何化被动为主动，占据有利位置，在某种程度上，起着决定胜负的作用。

这样，人们开始要反击了。威胁来自一方，所以，人们便携起手来，共同出击。这看起来有些不公平，可也是酒场上的纵横捭阖，撂倒一个算一个。这时候，人们集中力量，向他开火。这形势多少是有些严峻，可他却抖擞起来。他眼睛里的光，亮闪闪的，眉眼里都是笑。他出了些汗，额发掠了上去，露出端正的前额。他眉棱略高，这使他眼窝有些陷。鼻梁较直，略长的人中之下，是薄削的嘴唇。腮骨窄而少肉，但健全的咬嚼功能使它显得有力。下颏很有形，见棱见角。他的轮廓有些拉丁人的味道，却又不是，而是江浙一带人，乡野的精明的相貌。年轻的时候可能相当英俊，可现在是老了。但也可能正相反，年轻时因肌肤丰满，倒是有些呆气和乡气，如今老了，见筋见骨，型就出来了。现在，他的眉棱跳跃了几下，劲头上来了。看来，他是为这个时刻蓄意很久了。是为了忍住笑容，还是笑容本身所致，他的嘴形略有些不平，左边稍高，右边稍低，这使他看上去很有涵养。他扬了扬眉毛，接受了人们的敬酒。他仰脖干了一杯，便把酒杯递向下一个，请那下一个给他斟酒。可酒瓶子在下一个手里打着颤，老也对不准酒杯。他皱了皱眉毛——这并没有妨碍他保持笑容——他皱了皱眉毛，从那人手里接过酒瓶，自己来斟酒。他是那种有洁癖的人，特别不喜欢邋遢。之后，虽然是接受别人的敬酒，可酒瓶却一直掌握在他手里了。而他决不因此营私舞弊，比如给别人多倒点，给自己少倒点。或者来个移花接木，给别人倒的是酒，给自己倒的是白开水。这种不上品的小把戏，他是决不染指。倘若遇到这样的对手，他则哈哈一笑，依然一仰脖，喝干杯中的酒，然后将酒杯轻轻一撂，两只手互相往下抹了抹衣袖，就像要把卷起的衣袖放下似的。这就像是一个散席的信号，之后，便散了。酒喝到这个份上，他的影响力就出来了，成为酒桌上的主宰。关于这个酒杯轻轻一撂的情形，后面还将提到，是事情的关键部分。好了，他掌握了酒瓶，可是不偏不倚，对每个酒杯都是一条线下去，酒及杯沿下一分，再一条线收住。只是加快了节奏，动作也有些跳跃，像舞蹈似的。但这决不影响他的准确度，依然滴酒不洒。他站了起来，他的身量也是江浙人的类型，不高大，却精干，有劲道。他替人斟完酒后，就将酒瓶向前有力地一指，带着不可抗拒的意思。对方只得乖乖地喝下去，只是酒洒得满桌都是，有种溃散的感觉。

酒到了这时，就有些像白水了，喝到嘴里没了感觉，而他却依然能喝出滋味。每一口下去，脸上都流露出惬意来。他微微地咧了咧嘴角，做出一种怕苦的表情，其实是舒服。他真的是很舒服的，身体舒展开来了，各个关节都松弛而且润滑，这从他略有弹性的动作上可看出。酒精在他体内起着美妙的作用，它使他焕发，昂扬。他眼睛里的笑意几乎就要溢出来了，光也要溢出来了，盈盈的。他脸上本来是少肉的，有些严峻，现在却有了笑靥。他的头发也变黑了，变厚了，发出光泽。他变得年轻了。人们集中火力地进攻他，他就像京剧里大打出手的能手，以一当十。他哈哈地笑着，笑声不高，却很痛快。他变得有些调皮，假装不肯喝了，要逃跑了，可人们一着急，他立即转回来，继续喝下去。他还假装不行了，要晕了，转瞬间又站直身子，睁开了眼。把人的心弄得痒痒的。他变得这样，活泼泼的，和刚开场时判若两人。其实，所有人都与开场判若两人，但别人都变糟了，脚步歪斜，口鼻也歪斜，语不成句，歌不成调。而他却变好了，变得有魅力了。酒这奇怪的东西，它总是剥离人的常态，而且将人降到常态以下，唯对他情有独钟，使他升到常态之上，为他增添了异样的光彩。

酒已经喝成了河。就算喝不出酒的滋味，却也停不下来了。这有些像赌博，越赌越难罢手，越赌越结束不了。赢了不行，输了更不行，这就和输赢没有关系了。这就叫瘾。人到了这里，就身不由己了。那些人其实都成了泥，瘫下来了，却还在喝着，这就叫灌了，和味觉无关。心里也知道该收了，可就是收不了。人们早已经无法与他对阵，自己和自己乱喝着，胡乱碰着杯。他呢，也放过了人们，却还是站在那里，手里也还握着酒瓶。他自己给自己斟了酒，喝下；再斟一杯，也喝下；然后是第三杯。三杯过后，他哈哈一笑，将酒杯轻轻一撂，两只手互相抹了抹衣袖，走了。即便是处在极度混乱中的酒场，此时也不由得静了一静。然后就有人扯着嗓子怪叫了一声，意思是，抓住他，别让他跑！可都知道只是徒然，他去意已坚，谁也左右不了他。停了一时，便也都散了。

回过头去，想酒场上的情形，自然是他酒量最好，喝得也最从容，但真正使他克敌制胜的一着，则是最后，他在最高潮处，最欲罢还休之时，将酒杯轻轻一撂的一举。能够在最难了断的时候，了断。这是他最终制服人们的。在酒场，这种放纵的场合，他却依然不失控制。这叫人佩服，也令人生畏，好像，他性格里有着一种，一种类似于秘密的东西。是什么呢？

应该说，他是嗜酒的，每顿都要喝上两杯。遇到酒场，他也都欣然前往，并且，总是由他掀起高潮。喝酒，使他改变了面貌。常日里，他不免显得有些灰暗。倒不是精神不振，而是，缺乏那么点光彩，不够焕发。他是一个寡言的人，到了酒场也依然不多话，像那种通常的喝了酒的胡言乱语，在他身上从没有发生过。可喝了酒，他的那种活泼，甚至是比语言更有表现力和感染力的。他的身体也不怎么样，各器官都呈现出衰退的迹象，他看上去比他的实际年龄要更苍老一些。可酒却使他年轻，富有活力。这些现象，甚至多少有些暗示，他已经着轻微的酒精中毒。但是，没有酒，他也行。有一个阶段，邻近的省份，发生了假酒案，并且，经调查，假酒已向周围地区蔓延。这个时期，他滴酒不沾。即便去了酒场，看着别人畅饮，他也决不为之所动，开一开禁。他虽然没了喝酒时的那种风采，可也决没有因为不喝酒而变得萎靡和颓然。他依然正常地生活，上班和下班，骑着他那辆“老坦克”自行车，为了保证身体有一定的运动，他一直骑自行车上下班，直到现在，他退休以后再返聘工作。他是六十多岁的年纪，在市级文化单位做一名资料员。这个城市的路很窄，而且弯曲，他既没有因为喝酒跌过跤，也没有因为不喝酒跌过跤。

还有一次，他出差到一个北方城市，那里可能是因为气候寒冷，嗜酒成风。这还不去说它，方才说过，他也是嗜酒的。然而，那里的嗜酒却在粗俗的民风之下，演变成了一种恶劣的酒场风气。酒场不是酒场，而是是非场。敬酒辞是一句“不喝就是看不起人”，便逼得人无处可逃。不知是酒的质量比较粗劣，还是人的体质有问题，那里的人虽然嗜酒，却并没有多大的酒量，几杯一下肚，便醉态百出。大约是有真醉的，也有借了酒盖脸撒蛮的，旧恨新仇全在这一时抖落出来。也不管场合对不对，人家了解不了解你那些来龙去脉，只是纠缠个不休。到后来就真动了气，都有大打出手的。像他这样外地来出差的，冷不防被推进这些陌生的人和事，颇感尴尬。虽然事后那一个个都像没事人一样，要是装的就太有城府，要不是装，那也醉得太不成话，醉的形态也太过戏剧性。总之，是江浙人说的“恶形恶状”。因此，他尝过一次味道后便坚辞不喝，无论怎样“不喝就是看不起”，他也不喝。其他人还都找些不喝的理由，什么酒精过敏，什么服药忌酒，以招架对方的逼迫。而他不说任何理由，只是一个不喝，人家终也没有办法。背地里，他对一同出差的同事说，酒不是这么个喝法。意思是那不是喝酒的正道。那么，偶尔地，一同出差的同事自己一处吃饭，要些酒来，他也不喝，说舌头不干净，不能喝。那个城市的酒风恶浊，饮食也相当恶浊。冷菜热菜，炒菜汤菜，都没有正色正形，总是混沌沌的一团。本色是看不见的，说是酱色也不是。味道呢，更是莫辨一是。只有两样东西搞得清楚，因是不惜大量投放的，一是味精，二是芡粉。并且所有的饭店，食堂，都是风格一致。他说的舌头不干净，不是指中医里舌苔不好的意思，而是味觉意义上的。好像是，这些晦暗不明的食物玷污了他的味觉。

就这样，这次出差过程，除了第一天，不明就里就上了一回当，之后他再没有沾酒。后来，终于离开了那城市，到了下午，长途汽车驶入一个加油站加油。转弯的时候，他望着窗外的眼睛忽然一亮。车一停稳，他立即下车，往加油站外走去。拐弯处的公路边上，搭了一个凉棚，棚下是个粥铺。他坐到铺前的小板凳上，身后是尘土飞扬的北方公路。也不用任何菜过粥，就这么大口大口地咽下两大碗米粥。当他站起身，回到汽车上的时候，脸上就有了一种清爽的表情，好像把这多天来的恶浊洗净了。回来以后，他又喝酒了。

他还不喜欢行令的喝法。如今，流行于酒桌的也不是什么雅令，都是些引车卖浆之流的俗令。什么猜拳，什么老虎杠子鸡，都是免不了要大喊大叫，气急败坏的令法。他认为不是喝酒的正道。在他，酒，就是酒。立题是酒，立意也是酒，要加入别的，就偏题了。他觉得行令多少是有些喧宾夺主。所以，他就是不行令的。别人行令，他也不反对，只是不参加。等人们行得差不多了——这些简单的酒令大都是单调的，往返那么几次就没了耐心，到了这时，他再登场。也有遇到那种一根筋的，行令要行到底的，他也决不干涉，并不扫人的兴，而是陪在一边，独斟独饮到底。所以他就算不喜欢行令，但也不以为这是酒场上的不正当，只不过有些小儿科。他坚持原则，可却并不偏狭，甚至很能迁就。在喝酒的品性上，他是个合群的人。他喜欢同人们一起喝酒，有些喝酒的新玩意儿，他也能欣然接受。比如眼下兴出的一种“潜水艇”游戏，将一盅白酒连杯带酒投到啤酒杯里，一气喝下，特别容易醉，可说是拼酒的攻坚战，白热化的。酒桌上的拼酒，是有着一种激发的作用。酒精在这激发下，会加速循环，有力地打入体内各条血管，血液便欢快地勃动起来，将人推升上去。只有酒，才能如此深入人的感官，从感官直达精神领域。真是身心两全啊！

他对酒的爱好也不偏狭，什么酒他都能接受，喝出它的好处。他不挑眼，也不盲目崇拜，保持实事求是。连那种最低廉的二锅头，他也能品出意思。他说二锅头是酒的正味。而像茅台，五粮液这样的名酒呢，他也觉得好，可也不是好到怎么样，太清爽，他说。这个太清爽是什么意思？好像是“水至清则无鱼”的意思，又好像不是。像威士忌、白兰地的洋酒，他也能接受，但是“不下菜”，是空口喝的，不是正餐，类似点心的那种。啤酒呢？就有些像酒场上酒令那样的东西，稍稍有些跑题了，不过，他也喝，是陪喝。由于阅历的限制，他对酒的见识不那么广博，喝的就是通常的几种。也够了，他喜欢，也正是那通常的几种。他这样进行比喻，山珍海味固然宝贵，可吃不厌的还就是一日三餐。而普通的大曲，比如双沟啦，洋河啦，就是一日三餐。剑南春呢？是一日三餐的红烧肉，大荤。四川的郎酒？南北货吧。他说着，自己也笑了。说到酒，他的话就略多了一些，于是趁着他想说话，人们就提出那个问题：黄酒是什么呢？料酒。他回答，然后哈哈一笑，起身走开，结束了聊天。

关于酒的问答，总是这样结束的。已经记不清同样的问答进行过多少遍了，但很奇怪的，人们一点不腻味。他对酒的看法，谈不上精辟，可是很有趣，是一个有生活常识的人的见解。不过，他对黄酒的看法有些刻薄了，有失公允。看来他对黄酒真的有成见。像他这样对酒广采博纳的人，却绝对不沾黄酒。人们提出的那个问题，其实是有着针对性的。在他们的江南地方，人的习性与黄酒普遍相合。酒这样的东西，其实也是水土，有合与不合。黄酒它的水土习性似比白酒更加尖锐和突出，倒不是他所说的四川郎酒那种南北货的性质，而是类别概念更大，带有系统的含义，而不止是色彩方面的。它和地理，历史，生活习俗，甚至宗教信仰都有关系。北方人喝黄酒特别容易醉，醉得伤身，而在江南，黄酒却是妇孺皆宜，滋养性质的。女人做产，老年风湿，小儿受寒，都喝它。它的酒性是完全另一路的，在舌头上有一股滚滚而来的气势，不是那种一根针，一条线的。如按着他的划分，黄酒也该划入一日三餐，是三餐里粮食的那种。可是，他却不喝。这使他稍稍显得有点怪癖，与他的大家风范不符。是一个小小的缺憾。但终究无伤大雅，他还是最出色的。但是，有一次，他遇到了一个无聊之辈，竟然将黄酒当撒手锏。

如他这样的出类拔萃者，难免是会招来忌恨的。幸而他酒品极佳，从不干狗皮倒灶的事，颇得人心。但人和人到底不一样，总有一个两个不服气的，就要伺机进逼，灭他的威风。也是一种对权威的反抗心理，你越行，就越要你不行。这一天，是年底，科室小金库里节余了一些钱，想花在大家身上，又不敢发现金，就决定在一起聚一聚。下了班后，大家来到一家新开张的酒楼。门口张灯结彩的，挂着大红宫灯，将门前空地映得红彤彤的。老天适时地又下起了小雪，雪虽不大，却很干，颗颗粒粒的，在地上积了薄薄的一层。这在南方是少见的，有一种旧式年画的意境，使人感觉到旧去新来的吉瑞气象。他们一伙人，正够一桌酒的人数，嘻嘻哈哈地踏上店前铺了红地毯的台阶，进了酒楼，由小姐引领着上了二楼的包间。新装修的房间，护墙板，地板，门窗，漆得亮亮的，还没叫油烟气熏染。桌布也是新的。圆桌中央是一个巨大的暖锅，竟然烧着木炭。为了驱散炭烟，房间里装了两个排风扇，悄无声息地运作着。大家都说地方选得好，夸奖那个提建议的人，说要好好地敬他几杯。他谦虚地说，还是让他来敬他们吧！酒席就是在这和谐气氛中拉开了帷幕。

科长很慷慨地让大家点好酒，辣手点，他这么说。于是，大家便很放肆地要点茅台，五粮液，还有XO，拿破仑什么的。这么起了一阵哄，他发言了，说还是剑南春吧，今天我们要细水长流地喝。因为受到感染，他比平时要多话一些。他的意见一经提出，立刻便被采纳。这一个细节，也是引起后来事故的因素。事情就这么决定了，可是忽然间，有人提出再要一瓶“古越龙山”酒。这也没什么，科长方才说了，尽管要自己喜欢的，要什么，上什么。所以人们并没怎么在意，也没有人想起他不喝黄酒这一节。然后，酒就上来了。在一簇剑南春之中，那一瓶古越龙山就显了出来，这人又很张扬地要小姐替他买一袋话梅。话梅来了，又差小姐去找冰糖。这是从台湾传来的喝黄酒的方式，在这里引为时兴。这人是新分来的大学生，本地人，在北京念了几年大学，分回了原籍，二十二三岁的年纪，还没结婚。这样的孩子，往往是狂妄而浮躁的，什么都不放在眼里。他们从来轻视别人的感受，而自己的呢，却比一切都重要。就是这么不公平。要等到碰了几回钉子，亲历几回世间冷暖，才可知道轻重。当着些年长的同事，他这样张着声势要这要那，已经不太妥当了。而他的夸张又似乎有些存心，存心要人们注意到这瓶黄酒。

就这样，这瓶黄酒茕茕独立于酒桌之上，终究有些触目。有人说了一句：有不喝黄酒的。那学生没作回答，也可能没听见。其他人也没说什么，暂时就这么过去了。人们开始互相斟酒，剑南春的香气冉冉升起，带着些锐度，却又不失含蓄。不是如通常所说那种沁人，而是穿透性的，有点单刀直入的意思，但不是侵袭的状态。由于暖锅，还由于人们的呼吸，室内空气渐渐湿润，窗户上布满了哈气。于是，酒香变得温和润泽，莹莹的。古越龙山呢，也斟到了学生的杯里，泡着冰糖和话梅。大家情绪都很好，他和学生开了句玩笑，说他是中国鸡尾酒。这句相当善意的玩笑，也成了后来事故的因素之一。这学生也不知从中听出了什么歧义，感到受了讥诮，伤了尊严。像他这样一个盲目自大的人，往往心胸狭隘，并且缺乏幽默感。但这也过去了。因是科室岁末聚餐，免不了要有些程式。科长讲了话，总结了即将过去的这一年度的成绩和不足，对下一年进行了展望，再向在座的各位表示了美好的祝愿，然后全体干杯。接着，又有副职发言，话就说得俏皮了一些，开着玩笑，大家再干杯。第三位发言的是个惯爱说话的人，说得又多又啰嗦，结果是被大家喝住的，干了第三杯。而饶舌的这位，因为辛苦了大家的耳朵，干了双杯。场上的气氛渐渐起来，几个性急的，已经开始拼酒了。

剑南春确实是个好东西，它有性子，但不急，不冲，一点不疯，不颠倒。脉搏均匀地跳跃着，加快了节奏。但因为轻快，并不加重心脏的负担。得，得，得的，打着点。场面看上去有些乱，其实有着章法，进退有序，一点伤不了和气。一杯杯的，也是打着点。酒香浓郁，菜香也浓郁。前者是飘扬的，后者则是沉底的。小姐上菜进来，报告说雪下大了，街面和房屋都白了。因此，这一暖锅的炭火就更加喜气洋洋。他细酌慢饮，和几个老人员聊些旧事，从沸腾的暖锅里搛鱼圆蛋饺，还有黄芽菜吃。他脸色润泽起来，流露出舒泰的表情。和以往一样，人们这时候都注意不到他。也不是不注意，而是明摆着不该他上场。这就像京剧里的大轴，最后一个才是。只有那个新来的学生，老要挑他，把那一杯泡了话梅的古越龙山向他一举一举的。他倒并不见怪，每一回都端杯子，还很宽厚地说一句：你就喝黄的，我喝白的。表示象征性地接受，所以并不干杯，只喝一小口，按着自己的节奏饮着。他不卑不亢的态度，不知是纵容了学生，还是激怒了学生，他敬酒敬得越过频繁，这简直带有些骚扰的意思。他不得不停箸应付。他脸上没露什么，别人倒嫌烦了，就有人夺了学生的黄酒杯，换上白酒，要同他干几杯，意欲阻止他继续打扰老前辈喝酒。学生的行为不只是扰乱了他，还扰乱了整个酒场的秩序。人们一拥而上，开始围攻学生，带着点教训的意思。这情形是学生始料未及，可却又一次地刺激了他。他看见了自己的弱势。

应该说，这小子是有些量的，又年轻力壮，不怕死，很拼得起。他换了白酒，一杯杯地车轮大战。有年长的，仁厚的同事，便提醒了一句：小心喝混了。要知道，黄酒和白酒混喝，是有危险的。这两样酒性太不合，特别容易起冲突。可这样的提醒只会激将他，他一点不退让的，以一当十。这一阵子，这小子是有些把他的那段忘了，情绪好了起来，激昂地叫着阵。别人也忘了是为什么和这小子叫起阵来的，被他的酒量和气势激动起来了。刹那间，他变成了，或者说还原成了一个此地土生土长的，村气十足的孩子，野野的，虎腾腾的，怪叫着。大家差不多就要喜欢上他了，将他接纳到酒圈子来。他长的是典型的本地人的小身量，浑身的筋骨则像装了弹簧，一蹦老高。还是个蒸笼头，头顶冒着汗气，再加暖锅的蒸汽，近视眼镜上就结了白雾。他一下子甩了眼镜，这一举是相当豪迈的，奋不顾身的样子。他再脱了件毛衣，只穿了贴身的棉毛衫。这件棉毛衫显然是穿反了，领上露着一个商标。这使他更像一个孩子，在巷子里野得不回家的孩子。

就在这时候，他站了起来。很难说不是受了这孩子的感染，他的独斟独饮比往常似乎结束得早了一些，参加进来得也早了一些。并且，一参加进来就站了起来，这也有些违反常规。他通常是先坐着，然后，渐渐地，情不能禁，最后站了起来。其实，事情从一开头起，就有些偏离常规，有一点新的因素在起着作用。他站起来，脸上提早地显出兴奋的神情，他表现得略有些性急。

酒场的章法略有些乱了，有一种措手不及的慌忙。好像没有做足铺垫，就要进入高潮。人们陡地转向他来，丢下了那孩子，另起一个开头。情绪中断了。人们忙不迭地接受他的敬酒，都还返不过神来。好在他久经沙场，能够控制局面。仅仅在开头时乱了一会，很快就稳住了阵脚。这提前进行的篇章渐渐流畅了，蓄敛起情绪来。有一些不和谐也慢慢调整了，方才的那一点焦虑与急躁几乎消失殆尽。还是因为剑南春的好，就像他说的，细水长流的酒性，能抵挡得住突发的变故，沉静。

现在，他成了中心，人们撂下了那孩子。孩子头上的汗气渐渐止了，却还只穿了件反了的棉毛衫，手上端着杯没来得及喝下的酒。一时都不明白究竟发生了什么，突然就晾了下来。等他那边敬了一圈，最后敬到这里时，方才悟过来，原来是被他抢了风头。但事发突然，又毕竟是个孩子，没经过多少场面的，不知该如何应对，直接的反应，便是接受了敬酒，乖乖地将杯中酒干了。他赞赏和鼓励地笑了笑。这一笑又刺激了他，可他并没发火，反倒平静下来。他放下酒杯，转身将脱下的毛衣重新穿上，又慢慢地将近视眼镜镜片上的水汽擦干，戴上了。这时候，他又变回了一个学生，在北京受过的四年教育又回来了。他将原先黄酒杯里的话梅和残酒倒在碟子里，加了一颗新话梅，斟上小姐重新温来的古越龙山，缓缓地品着。此时，酒桌上的形势又发展到新的篇章，人们在对他进行围剿。

这也是省略了一些细节，提前进入的。这一切都有些类似一支失常的乐队，在开始的乐句中赶了半拍，结果越来越赶，拖也拖不住了。

人们集中火力向他发起进攻，他从容应战，容光焕发，都有些不像自己了。头发由于受了潮，平伏着，脸上的红晕又使脸形显得宽和平了，就有了种平庸气似的。还有他的笑容，也显得有些廉价。只是手势是一贯如一的，稳稳地握住酒瓶，一条线下去，一条线收住，滴酒不洒。但这熟练与精确之中，却透露出一丝得意，于是就变得轻佻了。总之，他今天不够含蓄，整个酒场都不够含蓄。因此，就稍稍有那么一点降格。

那孩子沉吟了一下，就是方才说的，北京四年的高等教育又回来了，他变得冷静，沉着，处心积虑。他停了停，然后端起酒杯，参加了进攻的集团军。他看了一眼孩子手里的黄酒杯，依然慷慨地说：你就喝黄的，我喝白的。孩子却笑了笑，放下黄酒杯，端起那个空白酒杯，说：我也喝白的。端到他面前，让他斟酒。等他一条线下来，刚及未及沿下一分的光景，却将酒杯收了回来。于是，一条线就没收住，有几滴洒在了杯外。虽然这算不上什么失手，可在他，却是前所未有的。他脸上的笑容有些不自然了。孩子则浑然不觉，豪迈地干了杯，很夸张地将酒杯底翻给他看。他也干了杯，这就过去了。

接下去他稍稍有些沉默。倒不是说话少了，他本来就是少话的，而是指他的情绪。他略略地减了些兴致，但还不致有所表现。然而，酒场上的节奏却微妙地起了变化，进攻的力度有些松弛。几乎是无人觉察的，可是瞒不过他。他放下酒杯，要求缓期执行，引大家注意新上的鲍鱼，削成薄片排在生菜上，端了上桌。于是，大家暂时熄火，开始对付鲍鱼。这种间歇就很好，它将一些尖锐的东西错开了，因此缓和了，削弱了，使局势又能健康地发展。当然，这是指自然的状态。就是说，倘若这一切是在无意中发生，还可以调整，事态本身都包含着平衡原则。怕就怕有人蓄意，这使得事情离开了自然的轨道。

鲍鱼在筷子头上略一收缩，便迅速挑出汤面，十分鲜嫩。而涮过鲍鱼的汤就像提了神一样，突然地味美起来。人们吆喝着小姐来添汤，唯恐干了锅底。另有一种热烈起来，带有洗涮过去的意思，一切都露出重新开头的迹象。到底姜是老的辣，知道如何变不利为有利。现在，他也振作起来，有些跃然，意欲开始又一轮的进攻和反进攻。人们呢，经了这一轮吃菜喝汤，舌头和口腔又恢复了敏感，剑南春的香味再度呼唤了它们，就好像刚开局的一样。有一股新鲜的兴致起来了。有人起来向他敬酒，却被那学生抢了先，说：我要敬你三杯。并且要替他斟酒。他犹豫了一下，让他斟了。这小子还真行，眼睛管用，手也管用，也是一条线下去，再一条线收住，滴酒不洒。旁人就起哄，说他带出一个徒弟。他笑说不敢当。这话本来没什么，这时候却带了一点醋意。前一局的形势还在起着作用。那孩子不吭声，一连斟了三杯，自己也干了三杯。他刚要放杯，孩子却要再干三杯，这就有些纠缠，但他还是端了杯。这简直是“秀才遇见兵，有理说不清”，这孩子有些坏规矩的，但这都是酒场的前辈，大人不记小人过，还是应付着。他端起了酒杯，那孩子斟过来的却是黄酒，说：我陪你三杯白的，你再陪我三杯黄的。他一惊，杯子一躲，酒洒了手。他脸色陡变，一松手，酒杯落了下来，他说你干什么，脏了我的手。他厌恶地甩着手，在餐巾上擦着，然后坐了下来。

这场酒，便到此结束了。人们都想着回家，科长叫来了小姐买单。即便他一败如此，可依然掌握全局，那就是，人们不约而同地，再不想喝了。人们走出酒楼，雪已经下白了街道和房屋，门口灯笼也罩了白雪，在雪下面融融地点着。可却人意阑珊。人们默默地踏着雪，各自回了家。

好了，酒场的事就是这样，它有时会伤及人的尊严。这一场事后，人们不再和他谈酒经了，因为，人们发现，黄酒对他，显得过于严重了，这多少有些没意思。好像这不止是个喝不喝的事，而是，而是怎么说呢？带有禁忌的性质。应该说，他所介入的酒圈子，是个有品格的酒圈子，他们彼此都很尊重，允许各自保留自己的忌讳，从不越轨触犯。那小子是个酒场上的流寇，流亡无产者，他怀着无产阶级失去的只是锁链的无赖心理，等待他的，或者是被封杀，或者就是混迹于一些不入流的酒场，自甘堕落。然而，有没有必要像他那样认真呢？

人们再同他喝酒，就有些小心翼翼的，好像有心要避免些什么，躲着些障碍物，绕道而行。事情变得不那么自然了。他有足够的经验和敏感的天性，觉察到这种因他而起的紧张，以及对他的照顾。他也变得不那么自然了。虽然没出过什么毛病，可终究有些磕磕愣愣的，彼此都感到压力。这样，他便识趣地退了出来。开始时，人们还一而再，再而三地邀请，他则坚辞不受。久而久之，人们就不再勉强了。至此，他可说从酒圈子里彻底隐退，人们不再看见他的沉着，潇洒，收放自如的身影。因没了他最后那一撂酒杯，有力的收场，酒场就变得拖沓，冗长，画蛇添足，不那么完美。纪律也有些松弛。然而，不知不觉中，酒桌渐渐地换了代，更年轻的一代酒徒登场了，就像那孩子一样的作风。他们比较开放和自由，没有一定之规。并且，如今又大兴洋酒，洋酒是民主的欧风，以个体为主，抱不成团的。无形中，酒圈子也瓦解了，那种热闹的，激烈的拼酒场面，便跟着偃了声息。

他也老了，彻底退休，不再上班。他每顿都要喝二两，有了客，也必留人喝二两，但都处在浅尝辄止的状态，那种拼酒的大将之风，也偃了声息。他变成了一个酒场的隐士，又像是赋闲。而他那一条线下去，再一条线收住的斟酒手势，却在各个酒场上蔓延开了，是由那孩子传播的。这种精确的滴酒不洒的斟酒法，成为一种衡量标准，衡量人酒道的深浅。但他那轻一撂却是想学也学不会的，这不在于一个手势，而是一种能力。喝到酣畅处，谁也收不住，再上了惯性，便身不由己了。

酒是什么？酒就是叫人卸了武装，轻装上阵。什么约束都没了，只剩你自己，放和收都只凭你自己。可说放容易，说收就难了。放只要由着自己，收呢，却是要反着，逆着来的。不要小看这一收，喝酒的功夫其实就在这一收上，有些炉火纯青的意思。在他之后还没有出现过更漂亮的收势呢。不过，人们也渐渐地将他忘了，因为他谢了场，也因为喝酒改了风气，散多聚少了。

又过了两年，他虚岁七十。生日那天，在家中开了一桌宴席，请几个老酒友，他很节制地备了两瓶茅台。现在，他倒常喝茅台。像茅台这样的阳春白雪，是要经过长时间的冶炼和熏陶，才可真正领略到精微之处。否则，便是暴殄天物。他自觉得已经到了喝茅台的时候。他今天备的就是茅台，不多，只两瓶，多了，也是暴殄天物。菜也是极精致。可说是顿精品宴。就像他对茅台的评价，吃得很干净。到底是上了岁数，这干净正好对胃口。略留下些不足，以待后日。是七分的尺寸。到晚上九点半，便散席了，也是七分的尺寸。人们告辞着起身，说着留步留步，他还是送到了巷子口。

他家住一条旧巷子里，小小的独院，只两间瓦顶砖墙的平房，厨房是另盖的一间披屋，院里种了些常见的花草。这样的旧屋旧巷，这城市里已不多了，所余下的这些，也已经千疮百孔，破烂不堪，只等着拆迁。但是，在这早春的温暖的夜晚，它们却变得好看起来。墙上的裂缝，破砖烂瓦，在月光下有着水墨画的效果。巷子的地砖，本来坑坑洼洼的，这时却呈现出一幅冰裂纹的图案。有几家院墙上爬着些藤蔓植物，这时抽出点芽，看上去就茸茸的，包着些枝枝节节。空气是暖和而清新的，他嗅了嗅，竟嗅出了一股酒的曲香。他背着手，慢慢地走回去，方才喝的那点酒，正好叫他心情轻松，开阔，微感兴奋。他走回自家的独院，这其实是从别家的院子边上，拉出一个角来，圈起来的。所以门就有些偏，院子也有些歪。不过不要紧，在这江南城市里，方位感相当模糊，没有正南正北的概念。有些随心所欲的。他走到自家院门前，听见隔壁院子里的动动静静，停了一停，脸上露出了微笑，想这就是过日子。然后去推自己的院门，那扇旧门发出吱嘎的声响。本是刺耳的，但在夜露的浸润里，也变得悦耳了。这个夜晚有着一股甜美的气质，唤起着人们对生活的向往。他回到院子里，看看那几株寻常的花草，其中有一棵迎春花，疏朗的枝条上已生出小小的花蕾，他用脚往花根下踢了些土块。又看看院里的水缸，缸里养了两尾鱼，一动不动地停着，过些时，只听“扑哧”一声，掉了头。他正看鱼，忽听院门响了两声。他以为误听了隔壁的声响，没动。不料，又是两声。这么晚了，会有谁来？他想着，一边挪动脚步去开门。门口站着个人，因背着月光，看不清，只有一个轮廓，小小的，手里还提着东西。他正猜，来人的脸动了动，受了些光，有什么在脸上闪了一下，是眼镜。他认出这孩子来了。两人都停了一下，然后一起说起话来。他们拔高了声音，又提高了语速，有些嘈杂地寒暄着，因为生怕冷场，就格外地多话。他不是将客人迎进屋，而是拽进了屋，这才发现他手里提着的，是一束四瓶剑南春。

他一时语塞，竟鼻酸了一下，一些往事回到眼前，不知是喜是悲。那孩子也停了说话。两人都安静下来，忽有一种如释重负之感。那不堪回首的既已经揭开了，就由它去吧，不必再掩饰什么了。他问道：吃饭了吗？那孩子说：吃过了。喝过吗？他又问。没喝，孩子老实回答。他不再说什么，扭头叫一声，老太婆，上菜！

现在，这一老一小面对面坐了下来。方才吃剩的菜，冷的，拼了盘，热的，再回锅。酒是新的，就是刚提来的剑南春。那孩子也长大了，做了丈夫和父亲。人胖了些，脸上有了操劳的痕迹。他们静静地喝着，也不说敬不敬的酒辞令，只相对略一举杯，再干下。斟酒的活就交给了那孩子，那孩子已经练得不差分毫。而他，倒是有些手抖。他搛了一筷菜，停在半当中，让孩子看他的手抖，告诉说：喝酒喝的。半天，就只说了这一句。再接着静静地喝。只两人喝，没那股一哄而上的热闹劲，而是一点一点积攒起来，细流入海的意思。两人都有些酒意了，小的毕竟道浅，开始多话，也论起了酒经。那是有些五四式的，将酒和人生联系起来。还是有些夸张，但也有限了，到底是受过生活教诲的，晓得书上的东西的虚实。他只是微笑，这些浮夸的东西让他看到了青春，心里也是高兴的。到他这个岁数，拿起的都拿起，放下的也就放下了。应当说，他还是有一点吃惊。他吃惊现在的孩子，小小年纪就见识过那么多的酒。这么多的酒，排起来，比这孩子活过的日子还长呢！他们才有多少日子？当然认识是不够的，这么多的见识反而使他的认识有些乱，杂，莫衷一是，前后矛盾。“人生”这个借喻，又难免过于抽象，于是，便在底下偷换概念。但他还是很欣慰地看到，这孩子论酒经虽然有些嫩，可到底不跑题，不豁边。谈酒就是谈酒。他又联想到多年前冲犯他的那个夜晚，也是以酒对酒，不是借题发挥。就像更多年前他去过的那个北方城市，真正是“醉翁之意不在酒”，都是杂念。所以，这孩子的路子还是正的。他赞许地下了结论。

等到老太婆将剩菜收拾收拾，拼成一个暖锅端上来的时候，那晚上的情景就又一次出现眼前。暖锅的热气蒙了人的脸，彼此都隔了一层膜，有些模糊不清。他生出了倾诉的愿望。他说：小什么——他从来不知道他姓什么，叫什么，自打那回酒场过后，就更不需要知道了，他就只能这么叫他：小什么，小什么，你知道我为什么不喝黄酒吗？他说。即便喝到此情此景，这问题依然令小什么有些酒醒。这个碰不得的东西，没想他这样轻易地出口。因为那是料酒，小什么很乖觉地回答。他摇了摇筷子：那是玩话。那就不知道了，小什么老实地说。他只是笑。机灵的小什么看出他有倾诉的愿望，还有，这问题一经提出就有些叫人放不下，于是便大了胆追问一句：那是为什么呢？他卖关子似的一径笑着，就是不说。小什么却欲罢不能了，非问他，还很耍赖地夺他的酒杯，不说不给喝。他本来不喝也行，这时却非喝不可，就要捍卫他的酒杯。一老一小争着那一满杯，拉过来，扯过去，杯中酒一滴不洒。两人都有些忘了年纪，嬉皮笑脸的。最后，他只得让步：好，好，好，我说。小什么就把酒杯松了。他握着酒杯，并不喝，却说：不告诉你。有些赖皮的。这真有点“老小”“老小”了。老了，就像孩子了。小什么自然不愿意了，嗷嗷叫着。他赶紧说：告诉你告诉你。为什么？小什么逼紧了问。那是料酒。他狡黠地说。两人这么缠来缠去，至少有一个小时过去。问题还没有答案，还是在老地方兜圈子。他老太婆已经管自己睡了，邻家的院子也都灭了灯。四下里静静的，却有一股花香沁了进来。说香也不是香，只是一股气味，清爽的，新鲜的，有点水气，又有点土气。其实，也不是什么花，只是夜的气息，那些白昼里被人的潮热声气压着的，万物的气息。瓦，砖，墙角的土，土里栽的树。树的干，根，枝，叶。花的茎，瓣，蕊。草的齿和须。还有水缸里的水，缸壁上的青苔，水里积起些的微生物。白天还都是干枯的，现在经露水浸润，气息就漫开了。

两人静了一时，酒潺潺地在他们体内循环。他又说：其实黄酒是土味，不是酿的，倒是夯出来的。经他这么一说，小什么也有同感了，想那黄酒的颜色是有些浑淘淘的。他纠正道：那不是浑，而是稠，土味是厚味。他接着说，南方的土不比北方的土，北方的土里有一半是沙，这里的土是纯土，水淘得干干净净。土是物之正本。所以，黄酒的味道你别看它出了格，其实是味之本，白酒是经演化和提炼，是味之精髓。他下了结论。在这夜深人静的时刻，酒催促着人的思维。小什么感觉到有一种重要的，认真的东西在接近过来，不觉有些敛声屏息，等待他再往下说。可他却不说了。他的脸色看上去很郑重，而且，很奇怪的，有一种忧伤。小什么不敢触动他。就在这静默的等待的时刻，他们之间忽然升起了一股相知相识的空气。知的什么？识的又是什么？都是不明了的，可就是相知和相识。

他果然又开口了。这回他说的是他的一个酒友，这个酒友后来喝死了。小什么轻轻地叹了一声。他却说，喝死了倒也算了，人总有一死。这也是的，小什么赞同。他活着还不如死了好，他说。他的话虽然还是短句，但是呈现出连贯和流畅的趋势。小什么不敢打断他，耐心地等待。你知道，他喝到后来，连料酒都喝！他向着小什么笑着说，眼睛里闪了一下，不知是泪光还是酒光。他们家的酒都叫他老婆锁起来了，瘾一上来，真是生不如死。所以，小什么，你记住，你喝死可以，喝上瘾不可以。小什么点点头，继续等待着，等待着他说下去。有时候，我们一同去谁家玩，走近门口，他突然加快了脚步，直奔进人家灶间，喝人家的料酒，他总是出洋相。这一回，他真的掉下泪来。看来，“料酒”这回事，直指他的痛处。你不知道，他喝起酒来，他女儿扇他嘴巴，他都放不下杯。小什么体会到了一种痛彻，不知是在何处，直指肺腑。后来，他就死了。他说。

小什么又开了一瓶剑南春。由于喝得沉着，依然可闻到酒香冉冉地在瓶口升起，然后，积累起来，充满了整间小屋。这种老房子，别看它到处是破绽，可它特别能含得住气味。因是土木的质地，有着融合的性能。他又向着小什么笑了，有些难为情地承认：我也喝过料酒，不过不是别人家的，是我老太婆的。他摇了摇头：喝酒喝到了料酒，就下作了。然后，我就想戒了。戒酒吗？小什么疑惑地问。是戒瘾。怎么戒？就是喝呀！喝到头，喝到底，喝到死，死就死了，死不了就死不了了。他说他选择来喝死的酒是黄酒。为什么是黄酒？道理很简单，料酒就是黄酒的下脚，一条路上的，他就上这条船吧。这一天，他背了老太婆，还有孩子，自己在屋里，还做了几个菜，就开喝了。他又回到了那天的情景，脸上有一种憧憬的神色。

说实在，黄酒是真好，温柔。他用了个新派的词汇：温柔。它是一层一层垫底，垫得很细密，针针线线的。他形容酒的词汇真够小什么的学一辈子。还好配菜，他继续说，用它的下脚作料酒，真是几千年的文明。他突然说了句浮夸的词，有点不像他，却又就是他的幽默。开始的时候，我差点儿都忘了到底要干什么了。他笑了起来。有些孩子气的。喝着喝着，他想起来了，因为，因为他老也没有醉的意思。这么多酒下去了，却没有醉的意思。就像先前说过的，江南一带人，特别受用黄酒，与这水土之酒性合得很，真是醉不了的。黄酒的劲是后劲，江南一带人，就是后劲足，都是后发制人。这才叫两强相逢呢！他一点不醉，只觉得越来越舒泰。黄酒是糯性酒，人家说酒水，酒水，黄酒却是羹，对肠胃知冷知热的。他回顾道。可这时候，他有些急了，那时还年轻，不像现在沉得住气。他急了，就猛喝，大口大口的。菜也吃完了，只得空口喝。终于，渐渐地，酒不像酒了，而像，像“黄汤”，他用了一个常用词。就是“黄汤”。喝下去已经不管用了，他想他怎么喝不死呢？或者半死也行，就像街上酒馆门口常有的那些醉鬼一样，打着难闻的酒嗝。奇怪的是，那样香的酒一经过肠胃的转化，再回上来，就其臭不可闻了。还有呕吐出来的秽物，也是臭不可闻。他想他至少要喝到这种程度，叫自己厌恶，就能断瘾了。他是一个有洁癖的酒徒，不能容忍下作。

可是他没有感觉。但他却看到了一线希望，没感觉比有感觉好，这至少标志着一种程度，没感觉了。而这并不会使他罢手，反倒是因为要寻求感觉，他必得更大量地喝。需有多于原先数倍数十倍的酒，方能榨取一点酒意。所需的酒量还在不断地增加，酒意则正成反比，不断地微弱下去，直至完全榨干。他沉溺在一种艰难的搜索之中，搜索对酒的感觉。这搜索越来越变得盲目和茫然，于是他沉溺得也越是深。事情已经谈不上有什么享受了，他进入了惯性。他竟还有足够的清醒意识到：

他进入了惯性。这可不好办了，他知道惯性的力量。其实有多少酒徒是因为享受不能罢手？都是惯性，欲罢不能。他到底身不由己了。他到底喝到这一步了。他被酒推着走了。他迫不及待地开着酒瓶，倒进杯子，灌进嘴里。其实，他说，我已经是有点酒精中毒了，你看。他又伸出手，让小什么看他的手抖。自己做不了自己的主了，他说。不知是说手抖，还是喝酒。那时候，他年轻，筋骨好，真难喝倒啊！他醉是醉了，就是倒不下来。他还很镇定，斟酒还能斟成一条线来，一条线去。他喝着喝着，竟又喝出了感觉，他的味觉又回来了。可是，他喝出的却是，料酒的味道。酒还是原来的酒，可味道却变成料酒的了。他很天真地检查了一遍酒瓶，都是一个牌子的，从一家店买来。他不甘心地喝了又喝，恼火地发现确是料酒的味道。他撒气地再喝，渐渐发现这股料酒的味道不是从酒里来的，而是从他的口腔中发出。酒从他胃肠道走了一遍，化成了泔脚的气味。他有些厌恶，但还能抵挡。这股味越来越浓，直至他呕吐。这是人间秽物之秽物。

他从小什么手里接过酒瓶，斟了一杯，干了。再斟一杯，干了。又斟了第三杯，干下。然后将酒杯轻轻一撂，两手相互抹了抹袖子，完了。

招　工

刘海明和吕秀春是一对知识青年夫妻。刘海明是县城街上的知识青年，临下乡前，有亲戚给他提亲，说的是邻县街上的知识青年，和刘海明同是高中六六届生，人长得俊俏，性格又贤惠。两人见了面，彼此都很满意。两家的大人，尤其满意，并且觉得，两个孩子搭伙过日子，也更教人放心。既然是插队落户，成了亲才是真正的落户。县城的生活和农村的生活，区别其实不大，每一户人家都有亲戚在乡里，乡里呢，也有一些亲戚在县城。他们认为，在哪里都有会过日子和不会过日子的人，会过日子的人在哪里都能过得好！所以，就并不顾虑在农村安家这件事，相反，还对在农村的生活有着种种认真的设想和准备。刘海明在下乡前就结了婚，对象名叫吕秀春。

每个知识青年都有一笔安家费，加上零点三立方的木料，他们俩合起来就挺可观，各人家中再帮助一点，于是，就盖起了两间小屋，还是半砖的。地点在村后，坝子底下。虽然有些孤，可不远处就是小学校，有上课下课的铃声，还有早晨升国旗的国歌，小学生的读书声，就不显得那么冷清了。

生产队呢，虽然是不怎么欢迎知识青年的，因为占了他们的粮草地亩，但见这对青年是认真来过日子的，也还是欢喜的。因为这里包含着一种对他们世世代代的乡里日子的尊重和肯定。他们很慷慨地批给这对新人宅基地、自留地，将安家费交付他们自己支配。而不是像对其他知识青年一样，将旧屋折成安家费和木料给他们，自留地则以提供瓜菜的方式抵掉了。其他那些青年，也抱着无所谓的态度，并不像刘海明那样，每一件事情都要和队里计算明白，对自己的利益特别保护。逢到这种时候，队里一方面觉得他不好对付，另一方面觉得，这是个真正扎下根来谋生计的人。他们一半佩服一半讽刺地说，要是在旧社会，刘海明准能成个地主。

刘海明如不是十分的清秀，就要显得厉害了。他皮肤很白皙，眉眼有些像姑娘，身条儿细长而匀称，衣着相当整洁，态度斯文。但他的样子，却更像一个标致的农民，而不太像城里的学生，这是因为他有一种退缩同时又警觉的表情，这表情来自狭隘的、关闭的心理状态。他心里很细，打算很多，又都是埋在肚里，平时和人说话打交道，也是颇随和大方的，但一有了事，他的心思就全显了出来。

他的对象吕秀春却是另一类型。她果然如那介绍人说的，俊俏又贤惠。她是那种天生的黑皮肤，要是在城里，就会被人称作“黑里俏”。她的眼睛本是大而圆的，很深的双眼皮，笑起来却变弯了。但一点不媚人，而是特别的心善的那种。她的脸形略有些见方，但轮廓是柔和的，看上去就很大气。气色又总是很好，黑亮亮的。头发黑漆漆地剪到耳下多一点的地方，挑个偏路，发多的一边夹一个花塑料卡子，是有些乡气，却是好看的乡气。她又说着那个邻县的口音，在自我为中心的本乡人心目里，外乡总是偏远的，所以更觉得她是乡气的。那种口音是将“哎”的音发成“哎”和“啊”之间的那个音，口型张得很大，舌根却向上顶着，“嗳”、“嗳”的。人们就叫它“癞子腔”，也叫“侉腔”，乡俗里是有些成见的。就有小孩子学她说话，她并不生气，只是有些腼腆，笑着，轻声骂一句。她就是这样一个温柔的媳妇，队里人称呼她，也像称呼庄上那些外嫁来的媳妇一样，姓前边冠以“小”字，叫她小吕。

这两个人，一个是精明，一个是老实，在乡里人的吃苦上又加上了街上人的高要求，所以日子过得就很有样子。方才说过，乡里的生活与街上的，差别本来不大，挑水，烧锅，这些为一般知识青年视做畏途的劳动，在他们则得心应手。还有喂猪喂鸡，也是有经验的。他们的猪圈还特别干净，灶台也特别干净。屋子铺了水泥，扫得像镜面一样。屋前一块地，虽是泥地，也扫得镜面似的。案板，矮凳，条案，都是新打的，没上漆，散发出木头的清香。有一些家什是从街上的家中带来的，不是乡里人家中可见得到的，但也不是奢侈，而是极其的实用。比如一口带纱门的小橱，放着碗勺、筷子、碱面、火柴和剩菜。还有铝锅，也是乡里没有的，带着街上生活的气息。总之，他们这个家，你要走进去，真是觉得称心称手。小吕呢，又特别地和人亲，见人来就让人坐，忙着烧茶。刘海明是爷们儿，自然矜持些，脸上带着笑容，也是欢迎来人的意思。能看出，他们俩都很为这个家感到满意，期待别人的夸奖和羡慕。

不久，他们就有了小孩，一个男孩。脸模子，眉眼，皮肤，都极像小吕，但很微妙的，脸面这一块，却像刘海明，面薄，而更奇妙的，这两项合起来，反倒谁也不像了。他既不是小吕那样的老实温柔，也不是刘海明的玲珑剔透，而是有些深不可测，很神秘，谁也看不出他将成一个什么样的人。有了孩子，小吕变得更温柔，而且甜蜜，看看婴儿在她怀里，脸颊一鼓一鼓地咂奶，她脸颊上的笑靥也一隐一显，渐渐地就入了神。现在，她甚至不下地了，婴儿成天在她怀里，队里也格外对她宽容。因是知识青年，也因为小吕的人性实在绵善，拉不下那个脸说她。婴儿就养得很娇，一刻离不开妈。在后来的煎熬的日子里，母子俩都因此受了大苦。

这是第一年和第二年，生活平静安乐地过去，甚至称得上幸福。无论是婚姻，还是插队的日子，都是新鲜的，开头不久的，还有些未能深谙的乐趣。队里的知识青年，都有点把他们家当作自己的家，没事时来坐坐，聊聊天。他们的插队生活，是飘零的孤苦的生活。他们的样子也很落拓，衣服是脏和破的，头发是多日不剪的，脸色是黯然、凄惶的，对待人和事是放浪和玩世的。他们没有责任心，没有拘束，说话口无遮拦，喝酒也无遮拦。他们看上去，就是这种没有着落的样子。然而，也是事无定局，他们将来的生活，究竟是什么样的，还是个未知数。刘海明的，却已经在了眼前。

事情的变化，就是从这里开始的。知识青年聚集在一起，大都是述说苦闷。这些苦闷无疑是出自对当下生活的不满，而刘海明他们，就是过着这样的生活。他们的苦闷有时候就像一面镜子，照出刘海明生活的无望。刘海明也知道，他们虽然到他的家里来坐，来玩，来吃，享受着一时的安乐，但要他们用苦闷来换这安乐，他们也是不干的。刘海明听着他们发牢骚，骂娘，不时也应和几句，心里其实是比他们更苦闷的。他们的处境是简单的，而自己则相当复杂，奋斗也更曲折了。

下乡之后第一次招工的消息传来，所有的插队两年以上的知识青年就都待不住了，他们往公社，县城，甚至地区跑着，探听着消息。或者是知青点和知青点之间互相跑着，交流着消息。有时只是盲目地奔走，重复着仅有的一点消息。这虽然只是一次招工，但它给知识青年们指示了一个前景，他们想，他们终还是有出路的。在人们这样四处跑着的时候，刘海明很镇定地出工，收工，照常生活。乡人们说，刘海明不用跑，跑了也白跑。人们都知道，招工条例有一则，结婚成家的知识青年不在招工范围内。刘海明听了这话，嘴上不说什么，心里是不能没有感触的。他虽然结婚生子，但他到底也是一个知识青年，有着城里生活的出身和阅历，为什么他就应该就此决定命运，做一个农民？

然而，他是一个心计比较深的人，结婚生子的经验也使他增添了世故。由于是有家庭的人，他就要比一般知识青年更深入农民的生活，因此也更了解农民的需要。事后很久，人们才会想到，在这一段时间里，他和生产队、大队的干部形成了一个心照不宣的协议。而这一切，也决不会如人们以为的那样，从头到尾都是在小吕不知情的情况下做成。其实，很难想象，夫妻之间能够完全背着对方做些什么，尤其是这样一对称得上恩爱的年轻的夫妻。所以，事实上，很可能，这计划是得到小吕的首肯，只是后来苦得熬不住了，小吕便把事情一股脑儿推到刘海明身上。这样想来，刘海明实在也是很苦的。

刘海明的心思，不久便初露端倪，那是在张主任奶奶的丧事上。

张主任是公社的主任，家在大刘庄上，他女人又是大队的妇女主任。张主任是个很能干的主任，并且很记乡情，总是不忘为本庄谋些利益。当然，其中不乏逞能和显摆的心理。他是个气盛的人，特别爱听奉承话，爱别人拥戴他。但他决不是白受的，他一定记在心里，一旦有了机会，便加倍地报答。所以，他又是讲义气的。像他这样的人，朋友就很多，社会关系相当广泛。他奶奶办丧事，送花圈送丧幛的人络绎不绝，通往大刘庄的土路上，成天都是自行车的铃铛声，车轱辘碾过土坷垃，哐啷啷地响，花圈堆在他家那三间两进的院门前，白花花的一片。丧幛挂在丧棚里面，层层叠叠，三道幕、四道幕似的。张主任家所在的生产队，歇下工来帮着办事，还正是麦收的时节。大队的知识青年，有个打头的，叫钱涛，蚌埠人，高中生。年长些，又是那类领袖型的，虽然队里的知识青年都是散在各生产队，但他有意无意地还是担任起召集人的角色。代表大家去和队里交涉一些什么，或者将知识青年聚集起来搞点什么活动。这时候，他就来串连知识青年了。

其时，知识青年都像飞倦的鸟儿，歇下枝来，他们无一不是碰了壁的。招工的消息听听有一大片，待去证实，却还是那么一点。他们在外边奔波，其实都是在忙事情末梢上的过节，什么单位在招工啊，有多少名额啊，公社招工由谁负责啊，县里又由谁负责啊，等等。而事情却是要从根子上起来的，这根子就是，首先要由生产队、大队推荐。没有这一条，什么都是无用。这时候，一个个都恹恹的，事情还没着手一点点，已经丧失了信心。一日近一日的招工，反变得渺茫起来。就在这时候，钱涛又把大家召拢了。分在六七个生产队里的知识青年，总共有十个，加上刘海明和小吕，就有十二个。钱涛并没有将刘海明和小吕排除在知识青年之外，而把他们一同招呼了。这就是钱涛有威信的道理，他周到，既通政策，也通人情。

钱涛召集大家商量什么呢？商量的是大家一同向张主任家的丧事表示点意思。他建议十一个人合送一个花圈，为什么是十一个人，那是因为刘海明和小吕算一人份，他俩是一家嘛！大家都很赞成，同时也很感激钱涛，倘若不是他及时地提议，他们将多么失礼，这会给张主任留下一个什么印象？而现在，情形就完全不同了。他们竟都振作了一下，忽然意识到，应当行动起来了。这件事情虽然谈不上对招工有什么直接的益处，因是大家共同参加，而他们在招工中是处在竞争的关系。但是这个切实的行动却把他们从消沉中拯救出来，并且感受到同舟共济的情感。他们又忙碌起来，派几个人去县城购买花圈，再算账，派份子，写挽联，拟悼词，最后一同抬了花圈，献到张主任奶奶的灵堂前。

他们这一群人有些浩浩荡荡的，神色十分庄严，进到了灵堂。灵堂里点了两盏油灯，被这许多人呼啦啦一挡，顿时暗了一暗，火头也摇曳起来。他们在钱涛带领下，给老太太鞠了三鞠躬，弯下腰来，黑压压的一片。鞠完躬，就念悼词。张主任正在灵堂后边的屋里陪人喝酒，这时走出来，亲自点了一盏玻璃罩灯，从头至尾参加了这场小型的追悼仪式。知识青年的悼念使张主任很受感动。第二天，他的大女儿，一名回乡知识青年，便到钱涛的住处，代表张主任，邀请全体知识青年前去赴丧宴。张主任就是这样一个豪爽的人。

张主任的大女儿受命前去邀请，按礼节客套了一番，却是以她自己对事物的态度。她受过中等教育，人相当聪明，也很清高，对知识青年们的造访，她心下并不以为然，还觉得很有些造作，那悼词也写得不伦不类，当时就觉得好笑，现在说的是感谢话，却是反讽的口气。你们何必呢？我老太太又不认得你们，一辈子锅台下转，她的死怎么能重如泰山？诸如此类的话，还又特别提到刘海明，说本来意思一下就行了，他却送双份，前天送了一段幛子，昨天又凑你们的份子送花圈。

钱涛听了这话，并不说什么。然后就到了这天，到张主任家赴宴。张主任在里屋陪公社的几个书记坐席，没出面，只是叮嘱大女儿向大家劝酒上菜。酒席笼罩在融洽甚至有些缠绵的气氛之中。大队里的知识青年因为分散各队，平时关系都比较疏离，此时，这一件集体活动将他们连接起来，又都是受了挫折的当口。于是，心里就生出些夸张了的友情。他们挤挤挨挨地围了一张案板坐着，互相谦让，照应着吃菜吃酒。几杯酒下了肚，心情更加软和，他们彼此间几乎是温柔的了。就在这温情脉脉的时分，钱涛从口袋里摸出一小卷毛票，放到刘海明面前的桌上，说："你已经送了幛子，花圈就不要凑份子了。"刘海明的脸"刷"地红了，人们都停了筷子，看着他，眼睛里的光陡地冷静下来。温情脉脉的面纱落了下来，他们看见了现实。现实是，他们被人甩了，并且是在这样举足轻重的时刻。

刘海明张了几张嘴，脸上的红又退了。他将那卷毛票从面前推开，说："花圈是花圈，幛子是幛子，我和小吕在这里安家，做了大队的社员，受照应很多，要比大家多一层关系。”他说得很坦然，钱涛反倒说不出话了。人们也都疑惑起来，犹豫着要不要接受刘海明的解释。刘海明已经镇定下来，继续喝酒吃菜。几个年龄小头脑又简单的便以为没事情了，也跟着动起了筷子。他们都有些惋惜地想要挽回方才的气氛，于是就劝钱涛喝酒。钱涛推开酒盅，却点了一支烟，闷下头吸着烟。这样，刘海明也只得放下了筷子，他也不想存心气钱涛。两人沉闷了一会儿，刘海明说：“兄弟别怪我，在这里，我最大，是个有家庭的人，处世为人都要比你们上点心，不曾想得罪了兄弟你。”钱涛就说：“这叫什么？就叫人有千虑，必有一失。”刘海明就笑了：“我还怕有一失吗？我都失了几失了，还能再失什么？”钱涛也一笑：“还能失去锁链呀！不是说，无产阶级失去的只有锁链？”这话一说，大家都笑了，觉得这话特别幽默。气氛又变得好起来，一股蒙在鼓里的、混混沌沌的快乐，弥漫了开来。

他们两人话里有话地交谈了一番，好像彼此都表明了心迹，也下了决心。他们松了口气，端起酒杯，一饮而尽。

现在，招工的事情具体化了，就是一桩，生产队推荐。生产队把自己队里的知识青年都推荐了上去。谁也不想和知识青年过不去。再说，这一回不推荐，下一回也要推荐，终是要推荐走的。留下他们干什么？又不会生出粮草田亩来，要生，也只能生儿子，生吃口。大刘庄原本就人多地少了。这一来，就将难办的事推给了大队，因大队只有四个推荐名额，这是按照百分之四十的招工比例。大刘大队的知识青年有十名，当然不算刘海明和小吕，他们是已婚的青年，不在招工之列。这四张推荐表给谁呢？谁都是这么巴巴地望大队书记的脸，没事就到他家堂屋里坐着。开始互相间还有些避讳，到后来避也避不开了，就一并在他家屋里坐了一片，有些火并的意思。书记他不能热了谁，也不能冷了谁，干脆谁也不搭理，闷头喝稀饭。心里是有些难过的，好像，手心手背都是肉似的。事情进到了白热化的阶段，谁也顾不了谁了，反正是八仙过海，各凭各的本事。当然，谁也不会注意到刘海明了。他好像是在上次送幛子的事情上接受了很大的教训，就有些故意地远着知识青年，也远着大队里的干部。所以，人们几乎看不见他似的。小吕呢，好像也看不见了，可能是抱了孩子回了县城的老婆婆家了。倘若留点心，就会发现，村后他们那两间小屋常常上了锁，冷清得很。

过后，人们凭怎么回想，也想不出刘海明是怎样把这桩事做成的。事情有多少个关隘啊！又有多少双眼睛在盯着，而他竟在人不知鬼不晓之中，一步一步做成了。像那些知识青年，闹出了多少动静！这就是刘海明的能耐了，他沉得住气。再仔细想想，当时还是有一些迹象的。就说小吕抱了孩子回婆家这一条吧，就不那么简单，其实这时他们两口子已经在为退还大队安家物资做准备了。同时，小吕日后推说不知情也有了不在场的证明。还有，百分之四十，这推荐比例也是一个可乘之机。十个人的百分之四十是四个，那么十二个人呢？经过四舍五入，就可能是五个人。倘若将刘海明和小吕也算进大刘大队的知识青年，不就是十二个人吗？所以，大刘大队很可能从一开始就有五张推荐表，而不是四张。那么，第五张到哪里去了呢？谁也不知道有第五张推荐表，所有的纷争，较劲，都是围绕着四张推荐表展开。再一个问题，这第五张推荐表是受了谁的启发去争取来的？大队书记不会想到百分比的机巧，他是一个典型的农民，有着务实的头脑，他凭着勤劳肯干，还有大姓旺族的背景，当上了干部。他很世故，甚至不乏狡黠，百分比的机巧却需要一个受过教育的文化人的心智。但是，假如有人向他提醒，多走一个知识青年可多让出一个人的口粮，烧草，自留地，宅基地，倘若这个知识青年又不是一般的单身青年，却是拖家带口，那么，让出的就不止是一个人，而是几个人，甚至更多人的口粮，烧草，自留地，宅基地……况且，多推荐一个知识青年，还会证明大队教育知识青年的工作做得好。他虽然只是个农民，可毕竟是个老党员，多年的支部书记，政绩他是重视的。他虽然在仕途上没什么野心，可他知道工作做得好，就和上面好打交道。麦种啊，化肥啊，拖拉机啊，返销粮啊，上缴公粮估产啊……所以，他就会很乐意接受这样的建议，然后他可以向上面报十二个知识青年的数字，他只需要做个小小的手脚，连手脚都算不上，只是个隐瞒，隐瞒知识青年的婚姻状况。他还可以夸奖一番他的知识青年，说他们如何受到乡人们的好评。作为对建议人的感谢，他会将这个多得的名额赠送给他，因为此人不仅提出了建议，还最符合上述的最大限度节约的原则。这个人是谁？不用说，就是刘海明。

所以，这一次招工中，大刘大队走的是五个知识青年，而不是预期中的四个。五个知识青年，三个蚌埠的，回了蚌埠，钱涛也在其中。另两个县城的，一个到了手管局，再一个，也就是刘海明，去了淮北煤矿。他走了一段日子以后，人们才知道他去了淮北。其实这也是小吕闹出来的。是小吕熬不下去了，才给闹了出来。别人不知道也还可能，知识青年竟然也不知情，就奇怪了。他们一个个都有着四通八达的关系，他们知道的不会比实际情况少，只会多，多出来的那部分就是谣言。而在刘海明的问题上，他们竟然变得如此闭塞。这也教人想到，刘海明和知识青年，尤其和钱涛之间也形成了一个默契。在大刘庄的知识青年中，能与刘海明交手的，只有钱涛，他们很可能订下了互不侵犯条约，这条约也是建立在那个百分比的基础上的。刘海明保证决不占用众知识青年的名额，他自己解决名额的来源。这至少是没有对钱涛不利，并且也消除了刘海明对钱涛的威胁。倘若，刘海明硬要挤进四个名额中来，钱涛就多一个对手，这个对手的分量他是知道的。送幛子的事情，对于钱涛也是一个教训。所以，他当然也是愿意大刘大队多一个名额。要保证这个名额进来，最好的办法就是缄口不提。不提是不提，看法还是有的，并且积蓄起来，等日后事成定局，再慢慢地泄露出来。因此，当小吕来大队闹起来的时候，人们对刘海明就已经怀了成见，他成了一个阴险的人。

刘海明走了以后，他的两间小屋归了大队，自留地则归了生产队。屋子里面的家什、锅碗，还是小吕的，暂存于两个女知识青年的住处，也算是借给她们使用。小吕一直没有露面。年底分粮时，是她小叔子，也就是刘海明的弟弟，带了钱将她那份口粮提走的，同时还拉走了她的一部分东西。有人进县城买返销粮，遇见过小吕，说她还是住老婆婆家，就在县粮站附近。遇见的人回来说，小吕瘦了一些，却白了，孩子呢，也大了，还是抱在小吕手上。小吕一手抱孩子，一手挎个大篮子，里头装满了衣服。要去分洪闸下洗衣服。那人说，看人家街上人，多少衣裳！人们以为日子就这样过下去了，可不料，小吕又回大刘庄来了。

小吕再回到大刘庄，形容可就大变了。她是像遇见她的人说的，瘦了，白了。但她这样天生的油黑皮肤，一旦白起来，却不是什么好事。她的脸上就像长了白斑似的，深一块，浅一块，皮色又很枯。两个大眼睛显得更大了，眼梢挂了下来，里面全都是委屈和怨恨，失神地看着人。那张嘴本来略宽一些，笑起来才是好看的，但这时候是笑不出来了，就显得格外的苦相和命薄。孩子呢，确是长高了有半头，那双极像他母亲的大眼，此时也像他母亲一样，眼梢挂了下来。嘴也是，要哭又忍住的样子。而人们一看见他，就又想起了他的父亲。他的薄面里头也生出了他父亲的退缩和窥伺的表情。他们母子空着手来到大刘庄，身上穿的都是原先的衣裳，洗得更旧了。走到大队书记家，就向他要人，要刘海明。

像小吕这样生性温柔的人，吵起来也不过是哀哀地哭。将孩子搂在怀里，垂着头，头发遮住了脸。头也还是乌油油的，还没熬焦了，只不过别着的花发卡子换了铁的，就少了些俊俏。大队书记家里的陪着她落了一阵眼泪，留了饭，然后，大队书记便带她来到寄放东西的两个女知识青年的住处。在屋子另一头安了一张凉床，母子二人便算是住下了。

小吕虽然也是个插队青年，但因为有个家，过的是正经日子，又是刘海明当家，事无巨细，都是他操心。所以，她其实是有些娇的。像知识青年这样带着“混”的日子，她是过不来的。当晚，睡在知识青年那间又放床又烧锅的屋里，守着那堆从她和刘海明原先的家里搬出来的东西。灯是个墨水瓶，点一根芯，扣在墙上，满地的黑影。她搂着孩子，又是哭了一夜。早起也没烧锅，因为没粮食，粮食已教她小叔子领走了。那两个女学生也是不烧锅的，冷水洗了脸，再咬块冷馍，就下地了。小吕想烧点热水给自己和孩子洗洗脸，洗洗手，又不敢动人家的烧草，她的草也叫小叔子领走了。她坐在床沿发了会儿呆，就又抱着孩子上大队书记家了。

这样，在大队书记家吃了两天，书记家里的就要小吕领她进城，到刘海明家里拿东西。小吕却死活不去，又是哀哀地哭，又气又怕的样子。没法子，书记家里的就自己去了。换了一身干净衣服，让小吕所在生产队的队长也跟着，拉了一架平车，好放东西。到了她老婆婆家，才晓得事情的棘手。小吕在这里住不下去，说到底就是为粮食烧草的事。刘海明家兄弟姊妹很多，除刘海明，还有一个下放的，一个待业的，几个上学的，都是吃口。虽然有粮本，可不还要拿钱去换？刘海明在学徒期，一个月加上下矿补贴，有三十来块钱，听起来不少，可是下矿的人会吃，吃剩下来，不过几块钱。这几块钱，老婆婆算计着买粮买煤，小吕算计给孩子添衣服，买零嘴儿，不是她男人挣的钱吗？她的粮草不是都已经给她小叔子拉来了吗？矛盾就这样起来了。老婆婆先是有话，然后小叔子小姑子一起挤兑。小吕母子俩凄凄惶惶跑到大刘庄的前天夜里，是个雷雨天，母子俩睡一张铁架床，冷不防手触到床架，被电了一下，电得浑身发麻。乘着闪电，看见床架上连了一根电线，胶皮剥了的裸线。小吕吓得抱起孩子滚到墙角，蹲了一夜。等天亮雨停，就往大刘庄跑。大队书记家里的原先觉得是小吕被老婆婆气糊涂了，才把不经意的事情当作有心害她，可到了刘海明家，见了她那婆婆，她却也要和小吕一样看法了。

书记家里的没想到街上人也有这么泼的。还不像乡里人，只会一味地泼，她泼，还会讲道理。一条，二条，三条，讲得书记家里的一句也答不上来。她也没想到，街上人的家竟也这么贫寒，院子里铺了张凉席，席上晒的也是酱豆子，酱萝卜条，黄盆里醒着一盆面，也是杂面。鸡和猪似乎更苦寒些，没处找食，地上尽是砂石瓦砾，地方又逼仄。最后，她只拿到些小吕母子的衣服。拿回去，经小吕检点，说都是些旧的，差的；新的，好的，全让扣下了。好像是对老婆婆最后的希望灭绝了，小吕倒不哭了，她很硬挺地说，要上淮北找刘海明，或者回来，或者离婚。于是，她便又一次离开了大刘庄。

此时，人们还不及去想事情的前因后果，只是可怜小吕，痛恨刘海明。刘海明，这个不仁不义的人，为了自己的前程，抛下妻子儿子。这样柔弱的小吕，她怎么才能摸到淮北矿上，找到她男人呢？有时，庄上的姊妹们到那两个女知识青年屋里玩，看着小吕只睡过三夜的那张空床，还有那一堆过日子的家什，便觉得小吕是回来了。就算她回来了，这日子又如何过下去呢？她们就一起骂刘海明，把个好好的家拆散了，这日子有什么过不下去的呢？难道这样妻离子散的倒更好？那两个知识青年则要骂得更远些，是从根子上谴责起，她们说，知识青年结什么婚呀！结了婚就算完了。总之，无论是知识青年，还是姊妹，都认为小吕和刘海明的生活是没有希望了。

又过了段日子，收秫秫的时候，小吕回来了。这一回，孩子是牵在手上，走回来的。另一只手提了个旅行袋，装了东西。大人和孩子都胖了，红润了，小吕的脸上，也有了笑影。她在透支账上摁了手印，分得几十斤大秫秫，到年底再一并算清。然后，借了簸箕搓玉米粒儿。孩子在一边玩耍，她不时喊一声，孩子便应一声。推面的时候也是，她顶了花手巾赶小驴，孩子在磨房外玩，磨盘的霍霍和驴蹄的嘚嘚声里，她喊一声，孩子应一声。她去了趟淮北，好像得到了什么主意，回过劲来了。她沉下心，决定重新过日子了。她把那些堆在屋角的家什，拉到门前太阳地里，用碱水刷了，洗了，再一件件安置在她那间屋里。灶呢，就和那两个女学生合用。那两个知识青年，一个是从上海来，叫小汪，一个也是从街上来，叫小聂。小汪是个马虎人，凡事都不太计较，小聂的性子则有些像小吕，也是温和绵善。所以，三个人虽然分三锅吃，却还合得来。那两个再顾不上自己，到底没有拖累，有时还能帮这一个一把。只是无论小汪还是小聂，两人很奇怪地、都不太喜欢那孩子。那孩子的一双眼里，好像盛满了愁苦，有些吓人的，一点不像人家孩子那样天真无忧。所以她们有意无意都有些躲避他似的，看见他蹲在那里，并不去抚弄他，假装看不见，绕了过去。日子就这样过着，还可以，但不是家庭式的生活，而是临时的，过渡的性质，不知道归宿在哪里。

晚上，她们三个聊起天来，大都是声讨刘海明。小聂倒还好，小汪就过激了，出着决绝的主意，小吕就笑，脸上露出柔和的笑靥。要是有经验的人，就能看出，小吕和刘海明还是恩爱夫妻，是打算过到头的。可小聂和小汪是没出阁的闺女，又是学生，道理都是书上的道理，不懂人情里面的微妙，只是一劲地替小吕生气，觉得小吕太老实，不抓紧对刘海明报复。小吕就向她们解释，说她去淮北找过刘海明，把刘海明整得直哭。

那天，她乘车乘船地来到淮北矿上，四处打听刘海明的宿舍，就有一个工友带她去找。到了宿舍楼底下，那工友大声喊刘海明的名字，刘海明从窗户里伸出头，一见是她，脸一下子白了。他把她带进宿舍，又去食堂打饭，米饭、馒头、鱼、肉、菜，摆了一桌，让她吃。她不吃，刘海明埋下头就哭了，哭了一顿饭，她便不好再说什么。然后，刘海明把她母子安顿住下，其实工友们也能猜到他们的关系，可谁也不说破，坏他的事有什么意思呢？到了晚上，就都出去，有上白班，或者下夜班的，也都另外找地方睡，给他们空窝儿。住了半个月，领导也知道刘海明是有老婆孩子的，不符合招工条例，可既然已经来了，怎么办？再回去吗？井下的活儿比田里的还苦一百倍，就是多一份商品粮，青年们真的很难了。于是，又住了半个月，加起来有一个月，就回来了。小吕说的时候，脸上的表情渐渐沉醉起来，将小汪和小聂也感染了，便安静了下来。

可是，生活还是惨淡的！那孩子一直是娇养着，又受了惊吓，一刻离不开小吕。可小吕要做活儿挣工分，要不拿什么换口粮？全指望刘海明的工资吗？刘海明的工资也不能全花完，要攒起来，将来的日子还长呢！小吕现在静下心来，开始筹划将来的日子，倒是可喜的。她是个老实人，不会偷懒躲滑，但生性太绵软，干什么都不泼辣，挣工分就不多。她咬着牙，撒开手，把孩子留在庄上，和乡里的孩子一起玩，脱出身下地做活儿。那孩子却有些犯孤，不合群，玩着玩着就只剩他自己了。又总是抱在妈妈怀里的，一旦下了地，对周遭环境生得很。有一回，一下子掉进粪坑，没了顶。幸好有人路过，看见粪坑里，一双小手在动，赶紧提上来，口鼻耳朵眼里都糊满了。当晚，孩子就发了高烧，惊厥了几次。还好大队有医疗队，打了针，才好些。小吕抱着孩子，哀哀地哭。哭着哭着，孩子从她怀里挣出手，吱哇叫一声。那场面，看到的人都感到凄楚。

过了年，大队买了挤面机，机房就设在她们住的屋里，让小汪和小聂搬走另找地方住，小吕却留了下来，看挤面机，记账，收钱。两间屋中间砌了道墙，里面放机器，外面住小吕。这样，她可以不下地，一边看孩子，一边就把工分挣了。小汪和小聂走的时候，对小吕都有些不高兴，冷冷的，觉得是被她占了窝。姊妹们劝解她们，说，小吕拖着个孩子，而你们终是要走的，小汪就很凶地说：走，往哪里走！她们说话都不避着小吕，小吕听了也没什么，她现在是个受尽人们可怜的人，不能有什么脾气了。

小聂和小汪好在过惯了这样东搬西挪的生活，这时她们一个住到一户老乡家里，另一个住一个下放居民家的堂屋。那个下放居民盖了这两小间屋，就走了，不知到哪里谋生去了。里面屋锁了，外间屋让队里使用，记工，开会，放东西，知识青年就住在这里。有时候，她们会去大队机房挤面。机房里白蒙蒙的，几乎看不见人，小吕在白蒙蒙里活动着，头上身上都是粉面。外屋的床上，家什上，也都罩了一层粉面。在机器的轰隆声里，她还是一声一声地唤那孩子的名字，那孩子便一声声地应。因为机器声盖耳，母子俩都要将声拔得很高，好像是为了强调她的呼唤，小吕连名带姓地喊孩子的大名。这大名起得很庄严，叫刘之鹤。孩子就像被粉面染了似的，睫毛眉毛都变淡了。他们母子，就在粉面里生活着。

姊妹行

分田和水出门的时候，村里人就不看好，觉着这两个姊妹太癫狂，胆大心不细，弄不巧就被人拐跑了。想不到，还真让人说中了。

分田的对象在徐州当兵，来信让分田去逛逛徐州，分田又邀上水。乡里边男女对象的交往总是这样的，女方带一个要好姊妹陪着，就像小姐带一个丫环。一来可以避嫌，二来也可解了当事人的尴尬，所以，这个“第三者”是受欢迎的。与惯例一致，水比分田小两岁，还没对象。这两人玩心都大，就敢结伴去徐州。要说，分田那对象，安排得够仔细，他事先寄来一张路线图，让两个姊妹一早到韩集搭中巴，中巴乘到大王集，再换乘长途车，到曹城。此时应当是下午三点光景，而曹城傍晚五点有一班到河南商丘的慢车，正好在车上过一宿，一早到商丘站。到了商丘站，她们就与他通个电话，电话号码他写在路线图上，“商丘”两个字的旁边，底下用小字说明如何使用投币电话，身上要留好几个硬币等等。通上电话，晓得她们平安到商丘，他便可放心。她们呢，也好告诉他买了哪一班到徐州的车票，从商丘到徐州的车次就多了。到时候，他会带他的战友去徐州站接车。他特别强调他的战友这一细节，“战友”这两字使他有了一种走上社会的新形象。这孩子，说起来要比分田小十个月，可行事却沉稳得多，这也是分田应下这门亲事的缘故。他是分田姑那个庄的孩子，当然是姑做的亲了。现在到底比以往开放了，两人见了面，一同逛了韩集，不用说，还有水一起。他回部队时，分田也是同水一起去送的。所以，他们虽不算十分熟，可也不是完全生分。这也是分田愿意接受邀请的一个原因。

分田她们应当说是基本按照路线图走的，只是在每一个细节上都作了点小小的改动，甚至连改动都称不上，仅只是一点变通。这一点变通，虽然是因情因景而易，但也可看出这两个姊妹的性格。这些变通里面，终有一个酿成了事端，所以，要说后来的变故是怪她们自己，并不为过。那天，她们确是一早去了韩集搭中巴，但不是走去的，而是拦截了一架手扶拖拉机。她们出了村不久，就听身后土路上轰隆隆地跟上一架手扶，那车主她们都认得，邻村的萧小，初中里同过学，自己开了砖厂。于是，很自然地，两下里打了招呼，她们爬上车斗，摇摇晃晃去了韩集。她们搭的中巴，也是熟人的中巴，中学里的另一个同学，姓林，和他的堂兄合开一辆中巴。她们上了车，坐到前排座与林同学一路聊天，到大王集。林同学邀她们一起吃了午饭，就在汽车站边上的饭铺里，要了一个凉拌粉皮，一个花生米，再各人三两水饺。虽然没喝酒，可因为老同学见面，谈起许多往事，很有感慨，所以三个人都很兴奋，红了脸。然后分手，林同学折回头往韩集，这两个上长途车去曹城。这一段比较寂寥，也就是比较正常，没有遇见熟人，也就没有计划外的事发生。因为起早，亦因为兴奋，两人都乏了，这时静下来，就打起盹儿。就像是一个盹儿的工夫，就到了曹城。不过，天色已经暗了。曹城是个县城，路要宽许多，车要多许多，人也要厉害几分，她们还没走出汽车站，已经被推搡了几个趔趄。可她们并没有因此而气馁，反而振奋起来，觉着这场面很有气势，并且想，徐州肯定要比曹城更有气势。汽车站和火车站，几乎紧挨着，找到售票处，正掏钱买票，窗口底下蹲着的一个妇女却站起来，说她有两张去商丘的票，本是她男人和儿子晚上要走，忽然吃坏肚子，患了痢疾，走不动了。分田和水想这人是不是报上常说的票贩子，那女人立刻猜出她俩的心思，说她一分钱不多要，只要给她原价就成，倘去窗口退就要扣手续费，她当然也不愿意亏。分田和水都是热心肠的姊妹，不愿看见别人为难，将票接过来，正来反去验了几遍。那妇女又说要送她俩进检票口，保证不会是假票。人家都把话说到这一步了，还有什么可怀疑呢？

事后，分田也猜疑过这女人，想她会不会与拐她们的一伙有关系？想来想去，事情还是出在手机上头，联不到她的边。所以，这一个插曲，看起来有点玄，事实上，却没什么，她们不是顺利地上了车？车，正点发，喇叭里广播的终点站，果然就是商丘。到了商丘，正是分田对象说的那时间，天还蒙蒙亮。她们出了站，买了去徐州的票，就打听哪里有投币电话。问了几个人，都说得不准，白奔了几次。分田急了，拉了一个人说：到底哪里才有电话？那人停下脚步，看了分田一眼，然后就从口袋里掏出手机，说：借你打一个。分田后来检讨最多的实际上是这一拉，她想：怎么能在大街上随便拉人呢？这就给人一个轻率的印象。当时，她自然没想这么多，接过手机，却不知怎么用，那人就帮她拨了号，再让她说话。从手机里传来的声音，初听起来不大像，再听听就像了。她告诉他，她们已经到了商丘，车票也买好了，几点几分的。他就说，她们下了火车，从地下道出站，他和战友就在出站口等她们，“不见不散”。他最后说了这么一句，带着一种新颖的潇洒派头，代表着他正身处其中的开放生活，分田觉着既陌生又喜欢。经过一昼夜的周折，此时她俩都不觉疲乏，也不觉着这人地生疏的城市有什么可畏惧的。她们虽然没大见过大世面，可毕竟是读过书的，有着书本上的见识。所以，她们在嘈杂混乱的车站广场穿行来，穿行去，镇定自若的，买包子，买水，买路上看的杂志，还给分田那对象，以及他的战友买了一袋面包。她们看着一些奇怪的人和事，不觉可疑，只觉好笑，并且因为心里高兴，还因为不在村里，身边没有认识她们指责她们的人，就分外放肆地笑。这一会儿，她们俩见什么都要笑。比如，看广场边放了一行课桌，坐了一排人，分明是一个报到处，什么报到处呢？牌子上写着技术学校，学习项目有孵豆芽，养蚯蚓，修理挤面机，可是就没有一个人前来报到。她们当然要笑。一个青年，穿一身师出无名的草绿制服，有肩带，肩带上钉铜纽，像军人，头发却留及耳下，几及衣领，就像外国军人。她们也要笑。再过过，又来一名同样的制服军，然后，第三，第四，才发现许多青年都是这副装扮，原来这地方就兴这样。她们更要笑。发展到后来，她们彼此之间，互相看看，竟也看出许多值得笑的地方。她们本来就是爱笑的姊妹，有时都能把人笑烦，人就说：笑，笑，哭的日子在后头呢！不料，这话也让他们说中了。

她们高高兴兴地度过了商丘火车站的等候时间，正点上了车，汽笛长鸣一声，往徐州去了。她们乘的是慢车，沿途每个小站都停，似乎还没停稳，就又动了，可是，车厢里却进了新人，又有几个方才的旧人，留在站牌下面，从缓缓移动的车窗前退下了。就这样，映在车窗上的太阳渐渐到了窗外很远的地方，停在收了秋的田野上，小小的红黄的一个球。田野变得很辽阔，而火车停靠的站台则变得很小，而且寂寞。但此时，以她们的心情，完全不能体味旅途中，忽然间涌起的孤寂之感。

她们只是略略有些嫌车坐得久了，说坐火车比做活还累腰。由于是这样的慢车，旅客的更替便很频繁，刚看一个大叔面熟，大叔却下了车。才与一个小孩说上话，小孩又跟他姥姥下了车。倒有几个长途的，看上去又不怎么面善，她们就不高兴搭理了。车上人时少时多，有一阵子，她们俩就独占一个四人座，两人面对面地，学着那些老乘车的男人，脱了鞋，将脚搭到对面座上。脱鞋时，才发现脚有些肿，而且散发出浓郁的怪味，是皮革和脚汗的合成。她们把腿伸直了，腰也放平，下巴颏儿抵在胸脯上，很舒坦，也很懒的样子。反正边上的人都不认识，管他们怎么看。两人互相朝着笑，说着大胆放肆的话。她们已经习惯了频繁的停车开车，新上的人也不大引得起她们的注意，她们自觉着已经是老练的出门人了。就在这时，车停靠了一个站，却不由使她们生疑了。

从车窗里向外看，站台上的气氛似乎要杂沓许多。几条铁轨后面，不是敞开着的农田、厂房或公路，而是围墙，就成了个正式的站，水泥站牌上则赫赫写了三个大字：徐州西。她们疑惑着是否这就是徐州，心下又觉着徐州站应当更宏伟一些。那么，徐州西这三个字且是什么意思呢？不过，她们基本还是确定在“徐州西”之外，另有个“徐州”，就像“大王庄”以外，还有个“王庄”。可是，没容她们想定，车窗前却急急地跑来三个人，显然是沿了站台一路寻过来的，一边还用手敲着车窗。一看到正趴在窗前朝外望的她们俩，便大声问：是不是分田！两人一下子探出半个身子去了。接下来便是一阵忙乱，穿鞋，拿行李，收拾茶几上的食物杂志，和正挤进过道的人推搡。两人还没在站台上落脚，身后的车就动了。两人惊得说不出话来，互相瞪着眼，简直不明白到底发生了什么事。等火车一径向东开去，越开越快，转眼间变成一团白雾，白雾散尽，便没了踪影，她们方才定下神来。这时，她们注意到这站台的清静，围墙外是近晚云色有些乱的天空，立了三两杆水泥大烟囱。站台上就站了她们这几个人。那三个人都穿了军服，关于军服，是分田后来反省的第二点，她怎么就这样相信军服呢？只要稍稍回想一下，在商丘车站，看见的那些穿草绿制服的长发青年，就可以知道，如今什么样的衣服，什么样的人穿不得？可她们就信了他们呢！他们说是那孩子的战友，“战友”两个字也是让分田相信的。还是那个意思，什么样的话，什么样的人说不得？他们说是那孩子的战友，那孩子接到紧急任务，要去执行，就委派他们几人来接站，并且，那孩子还突然想起，没同她们说明是在徐州西下站，所以，特别关照，要他们进站里去接。多险啊！差那么一点，就把她们错过了，回去可怎么向战友交代？三个人将她们的东西一分，她俩就空着手了，跟了出站。车站很浅，出门就临街，街上跑着车，还有人，骑车或者走路。车喇叭声、助动车马达声，甚至还有手扶，突突地冒着烟，天似乎陡地又暗一成，可明明街那头还挂着太阳。不过，太阳也是灰白的一个。噪音，空气中的煤烟，还有突变的形势，一起让她俩发蒙。有一时，分田犹疑地回头望望，身后那青年很礼貌地抬起手，做了个“请走”的姿势，很有“战友”的派头。于是，她又跟着走了。他们引着上了一辆吉普车，原来，其中有一人还是司机。这样，三个人中的两个人上了前座，另一人与分田、水在后座，然后开车了。车，很溜地掉个头，刮起一阵土，就朝了那灰白的，快落到街面上的日头开过去。此时，分田心里闪过一个疑惑：方才是从西向东，这怎么又向西，不是开回去了吗？就是这点疑惑，日后却给分田指了路。

分田到最后其实也没弄明白，她在那家做媳妇的，是在哪个地名上。巴掌大一片洼地，挤簇着十几座砖墙瓦盖的平房。可能是窝着的缘故，看上去，砖也砌不直，瓦也铺不匀。分田从没下过地，不知地又是怎样的地，只知道家家院里，屋顶，都铺了塑料布，布上是烟叶。想来是种烟，可却不像会侍弄烟的样子，那烟叶被露水打湿，都有些沤，散发出一股霉烂气味。颜色是一种青黑青紫，遮盖得这小庄子，越发显得疲乏。人，也是疲乏的样子，多是低头垂目的表情，说话是一种侉音，喉头噎着似的，听起来就很耿。穿着又灰暗，尤其是下雨天，七扭八拐的泥路上，挣着腿脚，身子乱歪，真觉着快要烂到一锅里去了。分田倚着门，望着灰蒙蒙的村落，心里郁闷极了。屋里的灶底下，留二，就是买她的那男人，留三他妈在烧锅。满地碎草屑，碎豆稞，人就在上面歪着，就像趴地上一样，对了灶眼吹火，越吹越倒烟。此地用的灶也不对，烟道从灶后面大大地转一个角，上去，只伸出屋顶一小截，大约是为屋里暖和，又为省烧草，可不就容易倒烟了？屋顶本来就矮，至少比分田那地方矮三砖了。于是，顶上椽子便熏得漆黑，屋不像屋，像洞。分田看着留三娘吃力又笨拙地做着这些，并不伸手去帮她，心里只觉着厌烦。留三娘都不敢同她说话，从她面前过，也是低着眼睛，快快地挪着步。留三走路也活脱是他娘的步子，显得腿短。事实上呢，也许并不短。可能是因为，总是生活在逼仄的地方，不仅走路矮着腿，还缩着身子，胳膊肘和腰长在一起似的。留三也不敢看分田。早起和他爸一同去地里，分田还蒙着头大睡，等傍晚爷俩回来，依然是他娘给端上一盆水洗脸洗手脚，再摆桌盛饭。分田呢，或者早已经吃了，或者就盛上到屋里自己一个人吃。她坐在屋里，多少有些占着屋的意思，留三就不敢进。这屋在晚上，电灯底下，显得还比较明亮。此时，分田的心情相对白天，也平静了一些。她四下打量，地上铺了水泥，用旧报纸糊了顶棚，四壁刷了石灰水。有几件家具，一个大立柜，门上镶半截镜子，油黄色。一张床，床上网了帐子，天气是方才入冬，这帐子就显出一点奢侈的意思，显露出娶媳妇的能耐。地上还有张桌子，带抽屉，面上放了镜子、梳子、擦脸霜什么的。墙角立了脸盆架，窗户上挂了布帘子。床架，桌腿，立柜的几个角，还残留了原先包裹着的旧布，旧报纸。分田想到，这家具备下有日子了，就等着人呢！可是这个念头并不会让她心软，相反，更是火起，她怎么就进了这么个窝囊人的屋！她听见堂屋里他娘在催他进屋，训他，他申辩着。两人说话都嘟嘟囔囔的，不清楚，好像没有字音，只有声气。后来，他娘进那边屋了，只剩留三一个人在堂屋里，摸摸弄弄磨蹭，就是不敢进屋。此时，灶里最后一点余烬也灭了，烟道凉了，实在抵不过夜寒，方才蹑着手脚进屋。再是多么不像男人的一个人，分田不由也会起一层鸡皮疙瘩，紧张起来。

分田不敢脱衣服，和衣裹在被子里。留三却也没有碰她的意思。在另一头，也裹紧一床被子，睡下了。这庄子的夜晚静得连一声狗吠都没有。分田浑身燥热，几乎透不过气来，她甚至希望这人来招惹她，好叫她踹他，撕他，唾他。可是没有，他一动不动，裹得比分田还严实，就像一个大石砣子。在这大石砣子里面，不仅是木呆，还有着一种持之以恒的决心，这决心因为愚顽而变得更加可怕，似乎是，你终于撼动不了它的。有几次，分田非常危险地，用脚去踹他，他竟也不动。分田控制不住了，跳起来，站在床上，对了这大石砣子，又踩又踢，终于将他蹬到床底下去了。这情景看起来，很像一对闹气的却恩爱的小夫妻，床的响动也叫住那头的大人放心，而分田却觉着，自己快要疯了。她颓然坐倒在枕头上，那大石砣子在床底下，纹丝不动，黑乎乎的一堆。不知多少时间过去了，分田从床上下来，穿上鞋，跨过大石砣子，径直往门走去。她竟忘了门是从外面锁上的，一直要到第二天早起，留三喊门，他娘才过来，开锁。她砰砰地擂了几下门，没有回应，整个庄子都像死过去了。再又回到床上，已经感到了冷。她打着寒噤，缩回被窝，裹紧了，不知不觉进入睡梦。很多个夜晚在这样的冷热交替、梦醒不辨中过去。入冬了，不知什么时候起，屋顶上，院子里的烟叶收净了。树枝，地头，路边，最后一些绿意也收净了，村落变得干净了些，却更寒素了。留三家依然不让分田出门，也没有人来串门。分田倚门坐在板凳上，看着村道上蠕动的人。在冬日少雨的天气里，村道变成一种硬邦的灰白。留三娘烧尽了草，换成烟煤，用一架破风箱烧火，于是，屋里便充斥了风箱枯干刺耳的开合声，咕嗞咕嗞。煤烟布在空气里，越是晴天越觉着脏和呛人。没人和分田说话，分田也不和人说话，她快变成哑巴了。原先她是个多么爱说爱笑的人啊！

晴冷几日，天奇怪地暖起来，阴霾却一日重一日，分明在作雪。留三和他爸在做出门的打算。从家人的只言片语中听出来，他们是要去邻乡一家窑厂做活。而且，庄上有不少男人一起结伴去。虽说依然没人来串门，这家人依然少言寡语，可还是有一种骚动，在沉闷的生活底部，微微地震荡了。留三娘架了个鏊子摊煎饼，屋里的煤烟味里加进了浆子味和豆稞味，留三娘又拆洗父子俩的被褥，再絮上新棉花，一针一针绗上，空气里便飞扬着白生生的絮花，还有线头；父子俩则很奢侈地买了几斤酒，餐餐喝几口，他娘就给做葱花蛋和熬骨头，屋里又有了些膏腴的气味。这一些都使这家贫瘠又枯乏的农户，增添一种较为活跃的气氛。动身前一夜，留三似乎流露出想碰分田的意思，在这顸颟的人，亦只不过是表现在一夜的辗转反侧。分田紧张地流了一夜的汗，紧紧地裹住被窝，听见自己的心擂鼓一样跳。这一夜终究安然度过。分田没有像往常那样，等留三起来很久才起床，而是在留三起来之前就起来了，她很难再在床上挨下去，这给大人一种她给留三送行的印象。分田坐在门口板凳上，留三从她身边擦过，到灶门取出温罐，倒进脸盆，然后双手抄起水扑到脸上，呼啦啦地洗了一气。分田头一回注意到他做事还有着一股泼辣劲，却是被木讷的外表埋住了。她看见他洗红的脖梗儿，以及耳后的一片地方，散发出腾腾的热气。这是留三留给她最后的也是唯一的印象。

留三父子走了，庄里有其他不少户男人也走了。男人少了倒不觉得，却觉得女人多了。女人们进出走动似乎比往日频繁了些，有时就立在村道上说话，可说好一会儿。说话的声音挺响亮，女人家的衣服也比男人的鲜亮，这个寒碜的小庄子，由此变得活泼了些。留三娘还是寸步不离分田，但分田坐在门口看见的风景，多少要有些变化。天下了层细雪，村落蒙了削薄的白，显得洁净了。可是很快，又弄污了，化了或是踩了，一片黑，一片灰，满是破绽的样子。日头又浅浅地从阴霾里透出。这一日，村道上忽有一些动静，说是动静，其实就是有二两个人往村子南边快步跑去。分田不由得欠起身子，向前探探头，可正在门前晾晒烟籽的留三娘却陡地转过身，向她扑过来。总是悄无声息，矮着身子挪动来挪动去的女人，此时此刻敏捷得像一头兽。她依然是矮着身子，就像从地上匍匐过来，几乎是“嗖”一下到了分田跟前。她伸出一双青筋暴突的手，紧紧握住分田的两只脚踝，像是要将它们按进地里去似的。分田吃惊地一站，没站稳，伸手把住了门框。留三娘还是按住她脚踝不松手，歪过头去，哑着嗓子喊了声。分田看见了她的眼睛，睁得很大，惊恐而且凶狠，也像一头兽，心中又是一惊。应着她叫喊，门外又过来两个女人，一左一右携住分田的胳膊，三个人齐心协力将她往门里推。分田忽有些觉出，庄上一定出了什么事，是她们害怕她分田露面的。越过门前院子，台子下村道上又有几个大人，往南边去。南边的岔道口有一棵槐树，落了叶，树杈杈后面似乎有着什么骚乱。分田死力把住门框，不退进屋里。那三个人则把住她的胳膊、脚，叫她立不稳。分田便改变战略，她松了手，却把身子向前倾去，几乎是背着手翻了个筋斗，从留三娘头上翻过去，就地打两个滚，滑下台子。她还蒙头蒙脑地，已经在了村道上。她踩着硬实的土路，一径往南跑去，身后是三个女人的嘶喊。她听不明白她们的话，但声音的绝望叫她害怕。她跑到槐树下，却并没有人，左右两边的砖平房静静矗着，没有动静。方才的骚动已经过去了。或者说根本没发生过，只是分田的错觉。而且，一旦走出屋子，分田才发现她对这庄子一点不了解，完全不知道哪里是哪里。后面那三个女人跟上来了，并且分散开，像张开一面网，从各个方向去断她。正在这紧急关头，分田听见一声汽车喇叭声，在这空旷的小村落里，既隐约又清晰。分田辨出喇叭声是从东面过来，于是又转向东跑。东边有一口井，井旁站了留三娘喊来的女人，正张开胳膊等着逮她。分田直跑过去，伸出胳膊一挡，险些将她挡进井里去。分田此时简直力大无穷，而且，非常快乐，就像要飞起来似的。汽车又鸣了声喇叭，还有发动机声，她已经看见了吉普车绿色的顶篷，停在又一面台子底下的村道上。她攀上台子，终于看见一堆人。她惊愕地看见，这背静的小庄子里竟有着如此多的人。

人们簇拥在一座砖墙瓦顶的平房前，其中有两名城里人打扮的女人，还有一名穿制服的公安，他们辖住一个女子，正从人群里往外挤。那女子，分田见过几回，头一回从村道上过，分田以为是谁家的孩子，但觉着长相与此地人有些不同，长了一个宽额头，额头下是一双极大的眼睛。她从留三家院子底下过的时候，抬起眼睛往分田这边扫了一下，使人觉着挺机灵。后一回见时，分田却看见她衣服前襟撅起来，好像有了身孕，才知道是个小媳妇。这时候，她身子更显了，由那两个干部样的女人架着胳膊往外走。分田心里明白了大半，她抢前一步，奔下台子，几乎是跌到吉普车跟前，拉开车门，坐进去。等那一拨人拥了小媳妇坐上车，分田向他们声明，自己也是被拐卖的妇女，要求与他们一同走。他们本还想细问，但形势已经不容多留，村人们团团围着吉普车，虽只是沉默着，但谁能预料得到下一步会发生什么？他们只得坐挤了，关上车门，车一动，沉默的人群让开了道，油门加大，车在土路上蹦了老高，落下来，再蹦几下，开跑了。人们松下一口气，而分田却筛糠似的抖起来。抖索着，她看见挤得黑压压的车厢里，那小媳妇向她投过来的眼光。在她布满孕斑的小脸上，那双眼睛更显得格外的大和锐利。分田后来一直想起她，看上去，她比自己要年少，却那么有主意。她从更远的四川被拐到这里，就有办法将自己解救出来，还把分田给捎带解救了。

分田收了秋走的，回来正赶上过年，前后不过三个月，可村里人却好像不认识她了。见了面就很生分地笑，还谦让地偏过身，让她先走，嘴里说：回来了？一出口又觉不对，想分田并没有出嫁，回什么回？回门子吗？过年了，那些外出打工做活的回家来，村里人都会很积极地问外面地方的人和事，有少不更事，或者问滑了嘴的，也问分田“徐州的地场如何”，不等回答已经知道错，赶紧收住，讪笑着走开去。还有馋嘴的小孩，伸手向分田讨糖块吃。从外面回来的人，都给小孩了发糖块吃，给大人发的是烟卷。小孩子也叫大人拉走了。甚至，连她娘，也像是不认识自己闺女了。有一回，分田走在前头，无意一回头，见她娘正盯着自己的后背影看，来不及撤开眼睛，窘得红了脸。又有一回，她梦里一机灵，睁开眼睛，见娘伏在她脸上，紧张地瞅着什么。分田其实心里隐隐地明白，娘正打量她什么。老年人有许多种说法，是关于姊妹和媳妇的区别。在村里人欲说还休的表情里面，所顾虑的也还是这回事。关于这点，分田心里是坦然的，她自己对自己说：谁说也不算，自会有人说了算！这人是谁？就是她对象。想到此，她不禁有些骄傲起来，她分田是对得起那孩子的，没有叫他丢脸。那些日日夜夜，她是怎么熬过来的呀！分田有时候很想与人说一说，可是怎么说呢？整个事情是那么复杂，连分田自己都理不清，一团乱麻里究竟哪个是头？倘若不是身临其境，无论如何是不能听信的。只有一个人能听信她，就是水，然而，水在什么地方呢？

分田到水家里去了几趟，说明当时的情况，表示自己的歉意。对水，分田感到万分抱歉，倘若不为了陪她去徐州，水是不会遭人拐卖的。所以，她感到水的家里人，是她回来以后最难面对的。她带了几卷粉丝，特别说明是她哥带回来的，她哥同人合伙开着一个粉丝厂。分田不由得也受了村人的影响，觉着像她这样从外面回来的人，是不适合带东西送人的。水的大人，木着脸听分田说，说到徐州西下车这一节，便张口拿些旁的事情问，问她哥的粉丝厂如何？他们家的提留款交齐没有？分明是截分田的话。分田并不觉着他们对她有太大的怪罪，而是，有一种难堪。他们分明流露出羞惭，这使分田联想到自己家人的态度。从水家里告辞出来，分田心想总有一天水落石出，那孩子会还她清白的。她已经给那孩子发出一封信，这封信写得很费周折。本是应该交代一下情况，可一旦交代起来，就好像在做辩解，心里忽涌上无限的委屈。分田是个坚强的姊妹，从遇上事情后，想的多是如何对付，并没有觉过委屈，可现在却不同了。那孩子好像就站在跟前，她刚要开口，就哽住了。她怨艾地想：她又没有做错什么，为什么需要辩解呢？这股怨艾很奇怪地使分田的心情变得温柔起来。最后，她免去了整桩事情的过程，只是说：由于意外的发生，推迟了我们的会面。然后报了平安，再嘘寒问暖一番，最后写道：你什么时候能回来呢？写完这一句，分田不由叹息了一声。现在就靠你了！她在心里说。想到自己还能靠个人，心里又是一阵温存。可是，紧接又想：水靠谁呢？是啊，水，怎么办呢？于是，下一日，她又去了水家。这一回去，她对水的大人说了那个四川女子的故事。说她如何在那家人的监视下，偷偷地带出一封信，给她四川的家人，她家人就和当地妇联，还有公安联系，将她解救出去了。所以，分田对水的父母说：你们可以向徐州的政府联络，说女儿就在那一带被拐卖了，一定能救出水。水的父母很入神地听分田说这个勇敢的女子的故事，一直没有打断，但等听到分田提出建议的此时，水的父亲则说了一句：嫁哪里不是嫁？分田说：水一定等你们救她呢！她娘抹起眼泪，抹了一时，却是说：那四川女子的孩命苦了。分田又一次黯然地退出水的家。她想水比她小两岁，平时就没什么心肺，能抵挡得住吗？可是再想那四川女子，黄瘦的小脸，一双灼灼的大眼睛，似乎又有了信心。

十五那一日，分田的姑来了。看见姑，分田不由红了脸，她恨自己没出息。分明是由姑而想起了那孩子，再想起那孩子该有信了。因为生气，分田的手脚便重了些，端板凳，倒茶，煮糖水荷包蛋，噼里啪啦的。姑呢，该生气的，倒没有，而是很不安，看侄女儿脸色的样子。分田撒气似的忙完，就被她娘差去集上买活鱼准备待客菜。分田骑着自行车，从村子中间穿行过去，再上公路。集是个小集，二里地远，因逢元宵节，竟也很热闹，有卖兔子灯的，粉黄身子，大红眼睛，底下木架上镶了轮子。分田买了两个，自己侄子一个，再一个让姑带给小表弟。这样，她又恨自己了，恨自己巴结姑。可轮到买鱼时，她还挑大的欢的，于是就再恨自己一回。就这样，车把上挂着活泼乱蹦的鲤鱼，还有卤肉、酱猪蹄、烧鸡、白肝，一包山楂糕，专做一种元宵的馅儿。后车架上，一边一个搭着两盏兔子灯。心里揣着恨恨的气，分田飞快地踩着车回村去。姑却已经走了。娘红着眼睛，显见得哭过了。爸呢，倒是笑着，却比哭还难看。分田一看这情形，心里明白了大半。她下车，支好，将东西一件件放下，然后卷起袖子，提起鱼尾巴，往机井台上“啪”一摔，说：杀鱼喽！鱼鳞在刀刃下飞溅开来，雪亮雪亮。这一餐饭，全是分田一个人操持，八盆八碗，还有元宵。分几种馅儿，芝麻的，山楂糕的，猪油白糖的，搓成一般大小，然后在匾里滚。天黑时，分田点上兔子灯，小侄子一个人牵两盏灯在院里走，木轮子拖着地，磕棱磕棱的，挺热闹，却又显出冷清。

分田姑这么一来一走，村里人就都知道，分田的对象吹了。人们看分田的眼光，都带着怜悯。而分田倒比往常更快活，话更多，笑得更响。一边笑一边用眼睛扫着人，眼睛里的意思是：谁吹谁啊！要放了过去，人们就又要说她癫狂，说：笑，笑，哭的日子在后头呢！可现在，谁也不敢拿这话说她了。而且，这话想起来，都是有些诅咒的意思，更叫他们不敢想了。所以，不由自主地，人们都有些躲着分田。要是正走个对面，那么，眼睛就躲着。这很叫分田恼怒，有意迎上去，追着人家眼睛说话和笑，甚至找到人家里去，坐着说和笑。就像要逼人家承认，她分田是没什么的。村里人家还不够她串，她骑着自行车，到邻近庄上，中学同学家去串。分田的事，早已在这一片地方传开了，可都是耳闻，等人到跟前，不由要惊一跳，想：她竟然在这里！这时候，分田又成了个稀罕人物，人们都过来看这个“同学”，脸上带着好奇的渴望的表情。在这一团热闹中，分田则感到孤独了。她能说什么？说什么是人们懂的？于是，她又很快离开了这个村子，这个同学，向下一个村子，下一个同学那里去。遭遇都是差不多的。分田这么疯跑，她爸她娘并不说，由她去。她哥去粉丝厂了，这回连她嫂子也一同去了，留下小侄儿。家家都在锄麦子，浇麦子，她爸她娘也不派她这个闲人去，而是自己掮了锄子，下那三亩七分地。这反而叫分田着恼，她夺过她爸手里的家伙，推开院门，一个人去了。

地里的麦子，有一拃高了，青绿青绿的。分田家这块地分得好，在阳面。这里多是岗地，阴面和阳面就很重要，离水近和离水远也很重要。分田家的地呢，正临沟渠，收了麦，即刻可引过水来整水田种稻。联产责任制，得这块地，正是生分田那年，所以才取名叫“分田”的。也所以，爸和娘都特别疼这个闺女，倒把长子，她哥忽略了。也因为此，她嫂嫂不高兴。幸亏她哥罩得住，还不至于发生什么龃龉。照理，这是一个幸福的家庭，可现在，情形全不同了。分田一个人立在麦苗地里，觉着这片地有无限大似的，而且有无限高，顶着天，天地间只她分田。这几日，都是在聒噪中度过，这时静下来了，分田都听得见锄板划拉土时，冬眠的小虫子四面奔跑的响动。太阳迎了脸，上了头顶，又到了背后。锄过的地，觑着眼望去，就像抹了一层油，深黑，衬得上面的苗更显青翠。太阳走过，将地留在余晖里，又改了一层颜色，黑和绿都变黄了。分田锄到地边时，暮色已经起来，降下一层薄灰。分田提起锄子，往家走去。细溜溜的风贴了地，从麦行间走过，麦苗弯曲着，发出轻柔的窸窣声。

第二日一早，分田骑车往韩集去了。天还没大亮，路上已经跑着汽车和手扶了，从她身后超过去，将风声和马达声灌满她耳朵。分田并没有想这是和水一同往徐州去的路，因为人和事都改变太多了。她一路骑到韩集车站，搭上往县城方向开的中巴，车上座位都有人了，她就坐在一麻袋花生上面，分田在县城下了车，顺了人指点，到了县政府，又顺了人指点，到了妇联办公室。妇联办公室里坐了两个女干部，多少是敷衍着接待分田，可分田的故事很快叫她们入迷了。她们放下手里做着的零碎事情，专心听分田讲述。这是分田头一回完整地叙述她的经历，她很惊讶自己能把事情说得那么清楚，就好像讲过许多遍了。事实上呢，她连完整地想一遍都不曾有过。她还惊讶自己能那么冷静，就像是讲别人的事情似的。当然，两位女干部聆听的态度也鼓励了她。她说了事情的全过程，又说了后续发生的退婚，最后，她向二位妇联干部提出请求，能否以妇联的名义，和那孩子写一封信，劝告他收回自己轻率的决定。二位干部对分田表示了莫大的同情，一口答应她的请求，并且进一步允诺，倘说不转那孩子，就同他们部队联系，当然，现在暂且给他留点面子。分田走出县政府院子，还有兴致逛了趟街，再往车站走。回去时，她是坐在一袋化肥上面。这是第一次往返县城，往后，还会有第二，第三，无数次。她很快就会将这条路跑熟，还会将去县政府的路跑熟。然而，随着她一趟一趟地跑，事情则变得越来越没指望，妇联二位同志的热情便也在逐渐降低。她们给那孩子发出的信，不久就有了回音。那孩子信上说，家乡的组织对他个人问题关心，很表感激，但分田与他的关系尚处在互相了解阶段，并未作决定；在他们的关系中，双方都是平等的，不存在谁抛弃谁的说法；现在，他认为他们都还年轻，前途广大，还是暂缓婚嫁之事为妥。妇联的同志几乎要被他说服，但依然坚持着不变，又写去一封信，强调了农村风俗的约定性现实，他们既已通了聘礼，众人就都视为婚约形成，应照顾女方在此环境中的舆论压力；还强调了分田在事件中受害者的地位，希望他本着一个军人的职责，体恤爱护分田。那孩子很快又来了一封信，看起来，他挺热衷这样的笔墨官司，尽情发挥着他的辩才。信中针对妇联同志的说法提出意见，第一是关于移风易俗的必要性，第二则谈到了爱情。他尖锐地指出，同情不等于爱情，这对分田亦是不公正的。妇联又去了第三封信，这封信中多少流露出理尽词穷的急躁，以与部队组织联系为警示。于是受到那孩子礼貌却严格的批评：当以理服人，而不当以行政命令压人。每一封信，妇联同志都让分田过目，分田每看完信，就都发表一通道理，要比妇联的信雄辩得多，使她们觉着自己软弱无能。说实在的，她们是被缠进去了，搅在他们中间，左右不是。她们觉着这两个男女真是一对，可惜天不作美，出来这档子事，拆了姻缘。最后，她们还是向那孩子的部队上发了公函，部队也以公函回复，说经查明，他们这位战士与分田只是恋爱关系，不涉及婚姻，还搬出婚姻法中有关恋爱自由的条款，婉转地驳斥地方妇联的指责。妇联同志将这封公函的复印件交给分田，表示事情到此结束。分田不服，又去了几趟，妇联的同志便开始推，接着是躲。终于有一天，分田吃了闭门羹，悻悻地离去。

现在，分田只剩下最后一个机会了，那就是等那孩子来探家。上一年就定好，今年七八月轮到他探亲。分田至今心里还疑惑，那孩子真会如此无情？她必要那孩子面对面地说这话，她才能认。麦子长高了，抽穗，灌浆，尤其是她家阳面上的，又比各家早熟了一成，麦芒在太阳里闪闪发光。西南风连吹三天，早起露水一收，就下镰了。嘣脆的麦秆一碰刀刃，便齐齐地断下。分田一个人包割，她爸在院子里碾场，她娘负责做饭，侍弄怀了崽子的老母猪。麦子熟了，菜园子里的瓜啊菜啊也熟了，藤蔓爬了一架。村里人合伙请了石匠，给村头村尾几盘大磨开齿，等着推新麦。邻村有人家开了挤面厂，可村里人，尤其是老人，多是喜欢石磨推出来的面，嫌电推的面有机油味。村里地里都是一派喜气的景象。再过过，麦子上场，打下，晒干，霍霍的磨盘声从村头响到村尾。猪下崽子了，总十二口，一出月，挑猪苗的人就上门来了。分田见人来，就把她最喜爱的那口往屋里撵，不叫人挑走。她暗地里给那猪苗取了名，就叫那孩子的名，一边撵，一边在心里骂：某某，往哪里去？挨刀子的某某，往哪里跑？有时一把逮着它，将它那圆滚滚的身子搂起来，再放下地，心里说：狗养的某某，跑不了你的！接近七月的时候，她去了趟姑家，送去她蒸的新馍。七月根下，她又去了一次姑家，送去院里新结的茄子和元葱。八月头上，她再去姑家，带去的是她最疼的小公猪，短嘴，长身子，特别能吃食。她最后地抱它一下，放它在姑家的院子地上，四下嗅着，周周折折一路嗅到猪圈去了。姑为难地看着那喜人的家伙，说了一句：分田，那孩子不来家探亲了。分田扭头就走，自行车哐啷啷推过门槛。有种就不要躲！分田在心里大声地嚷，眼泪流了满脸。她抬着脸，让迎面的风尽情地吹来。自行车有几次，从干硬的车辙上一跳老高，她也不放慢车速。从出事以来，她还没哭过呢！现在，她要狠狠地哭一把了。

几天以后，分田出门了。她对爸妈说，有同学在菏泽开了草编厂，她去那里找工做，又问爸妈要下卖猪苗的钱。二位大人没有反对，虽然前一次出门引了大祸，可是不出门又怎么样呢？他们很清楚，分田在家里过得不舒心，又没着落，他们不知该拿她怎么办。闺女大了，又很有主意，且落在这么个僵局里，就实在不由人了。

八月的天，虽然还早，暑气已经蒸腾上来，但有风，就比较爽利。分田拿来小侄子的遮阳帆布帽戴在头上，头发拢在脑后扎一个发橛子，看上去就像一个俊气的少年。因是迎着太阳，她不得不眯起眼睛，这使她的神情显得很坚定。她往韩集去搭车。身后有手扶过来，开手扶的人喊她几声，要捎她。她没答应，那人以为她没听见，就过去了。分田到韩集上了中巴，这趟中巴是往大王集去的。到大王集再换长途车去曹城，长途车离开车站，一拐，分田看见了上回与水，还有林同学，一同吃饺子的饭铺。一个简易棚子，顶上铺着油毛毡，檐前伸出条纹尼龙布的凉棚，底下放了几张案板，几条矮凳。吃饭的人总是下车或上车的人。身边放着包裹行李，头脸都蒙了土的样子。而且不问早午晚，总归有吃饭的人。这也是出门人的一个特征，抓住时机，有吃就吃。车往曹城的方向去了。太阳老高的，车厢里烘热，一旦开快，风就鼓进来了。路边有些小厂，吐着烟，一到半空，便化在日光里面，无影无踪。到曹城转上了火车。她还是按上回与水一同出行的路线与时间，但没有出现上回的事：一个妇女退票给她俩。这一回的旅程，要平淡得多，没有一点插曲，但是却有一种确保抵达目的地的决心在里面。分田一路上没有与任何人搭话，也没瞌睡。她眼睛望着车窗外快速移动的景物，心里有一丝狐疑，虽然程程按上回走的一样，怎么情形竟一点不像了？那些树，田地，房屋，岔出去的路，路上的人，都显得清寂，而且疏远。车到商丘，商丘车站的喧嚷，也变得隔一层似的。分田在其中穿行，碰碰撞撞的人和行李，还有吵骂声，就像是在另一个世界，与她分田无关。那教授孵豆芽、养蚯蚓的技术学校招生处还在。但到底季节不同，人换了装束，换成一种前边一片蓝色塑料瓦，后面一圈白色松紧带的遮阳帽，不时从人潮中冒出这么一顶，迎了太阳反一反光。这是又一天的早上了，斜在广场地面上的太阳光已经很酷烈，而且没有风，只有汗气。分田并不急躁，在一个水泥花坛边占了个立足之地，耐心地等着放站上车。她已经是个老练的出门人了，有一些旅行经验，不用思量，自己就拥上来。终于上车，车厢里到底凉快宽敞一些。等到开车，风就越来越激烈，不得不将车窗拉起大半。虽然一夜没合眼，分田却并无倦意，她睁大眼睛，看着窗外。在她平静的外表之下，其实保持着极大的警惕。这个看似安稳的世界，说不定是这里还是那里，就潜伏着想不到的危险呢！太阳从车厢的南边换到北边，再从北边换到南边，在这交替之中，还有停和开的交替中，日头渐渐到了远处的田野上，火红的一盘，由于空气清澈，边缘分明。分田在徐州西下了车。她随着并不多的下车人出了站，立在了马路上，她站住了。她抬起头，茫然地四顾一圈。已是五时许，但因是天长，日头还在较高的小半空。她看见了那一轮红日，比方才车窗外的要小一些，亦昏黄一些，光却依然是炽烈的，有一种稠厚的热量。分田心里一惊，这是整个旅途中，她唯一找到的熟悉的东西。虽然颜色、光度、高低都与前一回所见的有差别，可就是它！记忆陡然鲜明起来。

当时，分田不是就想：方才是从西向东，这怎么又向西，不是开回去了吗？然后，他们在公路边一个饭馆停下来吃晚饭，那饭馆名字是叫“霞姐饭店”。那三个人与她俩说，他们所在部队说是在徐州，其实是在离徐州多少里外，他们战友特别关照他们别让分田二位饿着了。那老板娘，大约就是霞姐了，看起来与他们熟识。其实，这时候，分田就有了第二个疑惑，她想，当兵的都是来自四面八方，平时管束也很严，怎么会与一个路边饭馆的老板娘有交道呢？可她亦没有深想。吃饭时，她面朝门坐，见路对面有块霓虹灯招牌，亮着“丁楼浴城”几个字，在灰暗的渐黑的天空中，挺显眼的。现在，分田站在路边，略一思忖，便回到车站，到售票窗口，看价目表上的路名。她本可以去问人的，可她不是老练了吗？她倒也不是不相信一切人，可是这一切人中，说不定就有一个是骗她的。价目表上的地名没有“丁楼”两个字。她并不着急，站在路边，吃了一个从家里带出来的面包，买了瓶水，喝了。在她吃喝的时候，不时有人来招揽生意。有拉她吃饭的，有拉她住店的，还有拉她乘车的，她一概不回答。那些拉乘车的问她去什么地方，她也不说，生怕说得不对，露了人生地疏的破绽。谁知道呢？也许“丁楼”并不是个地名。但是，有一个揽客的车主却引起她注意。那车主举了一块牌，喊着“往西去，往西去”地过来，牌上一串地名中，有“于楼”两个字。分田想，说不定是她看走了眼，将“于”看成了“丁”。她又想，反正是往西，沿途看见有那日的情形，随时可下车。于是她便随那人去了。一辆中巴上坐了三两个人，车主自然不甘心开走，继续四处拉人。天黑下来了，空气中含了煤屑，反射着灯光，反而有一种微亮，使那黑变得模糊。车主不舍得开灯，人脸隐在黑影地里，看起来十分的暧昧。分田并不胆怯，她已经不知道“害怕”两个字了。她沉静地坐在车门口的位置上，记得那饭馆是在路南，霓虹灯就是在路北。她望着车外面，一片坑洼不平的地面上，停了无数中巴，车主远远近近地吆喝，暗夜里听起来不喧闹，反是清廓，天地间很空旷。

当分田看见紫黑的天幕前，豁然映着霓虹灯的字形：“丁楼”，她感觉到的是一阵软弱。她下车往回走去，迎着半里地外，“丁楼浴城”几个红绿大字，方才明白，那“丁”字本来是“于”，但灭了一根灯管，于是便少了笔画。果然，霓虹灯对面有个饭馆，门开着，灯光漫出来一小片，里面站了个小姐，很年轻，并不是那个霞姐。她向分田迎过来，到了跟前，却又停住了。在这个时间里，来一个单身女客，总是有那么一点奇怪。分田微笑着跨进门，虽然看不清店招牌，可她确定无疑，就是这里。小姐犹豫着问：吃饭吗？分田不回答，兀自走到桌边坐下。就是这张桌子，没错，铺着塑料布，布上印着牡丹花和水草，这两种物件说什么也碰不到一起的。小姐送上一张菜单，她不接，而是问：霞姐呢？小姐的神色变得不安了，反问道：霞姐，哪个霞姐？分田并不驳她，而是很有把握地笑了笑，说：我与霞姐约定好的，我等她吧！小姐退去了，很快又回来，说：真没有霞姐这个人。分田不理她了，只管坐着。店堂里没有客人，听得见公路上载重汽车开过去，车轮与路面摩擦的声响，很剧烈的。没有车停下。店堂里只有分田一个人坐着，后面，大约是厨房还是客房，一片寂静。中间，小姐给送上一壶茶，分田便喝茶。这样僵持着，大约有半个钟点光景，小姐出来说：我们老板说，天这么晚了，我们后面有客房，可以住宿。分田说，你们老板呢？我能不能认识认识。几乎应声而出，一个女人到了跟前，怪小姐冷落了客人，问分田要不要来碗热乎的喝了，再歇下。分田看清了那女人，似乎与“霞姐”是两个人。其实，她原也不记得霞姐长什么样了。可她心里断定，这女人就是霞姐。她迎着脸叫了声：霞姐。霞姐怔一怔，立刻反过神来，烁然笑道：想叫就叫吧！她们可不敢这么叫，是我娘家的乳名呢！分田说：你认得我吗？霞姐说：认得，认得，要不你怎么会叫我霞姐呢！分田见她搪塞，干脆把话挑明：去年秋季，有三个军人，说到“军人”，分田又笑一下，三个军人和两个姊妹就在霞姐店里吃饭呢，比现在早两个钟点从这里走出，那两个姊妹就叫拐卖到了两处地方，再过后，其中一个解救了，这一个就是我。分田直看着霞姐的脸，霞姐再油，脸面还是有了变化。分田接着说：那一个是我妹妹，我要把我妹妹也解救出来，我已经在妇联和公安都挂了号，随时可以同他们联系。分田一口气说完这些，霞姐已经镇静下来。她究竟见多识广，一个女人家在这路边开饭店，什么事没经过啊！她关切地问：你妹妹拐到了哪个县？哪个乡？哪个庄？分田说：不知道。霞姐就叹了一口气：那就难了。分田说：你霞姐难道不知道吗？霞姐明知她话里的讽意，却并不对嘴，只是很坦然地说：我不知道。分田倒不知道该往下说什么了，停了停，说：我就住这里了。霞姐热情道：住下，住下，明早再走。可明早，分田并没有流露要走的意思，她又住了一天。接下去的几天，她也住着。说实在的，分田是不知道该往哪里去，该做什么。但在霞姐看来，这个年轻的姊妹似乎很有心计，而且有着什么来头，她在这里住下来自有她的道理。所以，霞姐便有些不安。

分田住在霞姐饭店，因她并没什么地方可去，终日只是坐在店堂。她的所谓客房非常逼仄，放一张大床，就几乎没有余地了。房间倒收拾得干净，墙刷得雪白，一扇后窗挂一幅素色窗帘，窗下挤了一张条案，案上放了杯子，镜子，一些杂物。门后藏一个洗脸盆架，有毛巾，肥皂盒。床上铺了草编凉席，枕上也套了凉席，一床薄被是新浆洗的，处处流露出女性开店的仔细体贴。分田在这饭店里住下来，渐渐也看出一些端倪。每到吃饭时间，店里那个小姐就到路边去拦车，真正能拦下的车其实并不多，下车吃饭的多是一些老主顾，回头客。他们将车开下道，开到边上的空地停好，就进店来了。看起来熟门熟路。霞姐和小姐呢，也“张大哥”“李大哥”一阵热切的招呼，一个端茶送水说话，另一个就下厨快切快炒，倒真有几分像自己的大哥回家来了。还有的“大哥”其实并不吃饭，而是径直去了后面，某一间客房里，此时，那小姐也跟着不见了，店堂里只剩下分田和霞姐。两个人都不说话，屋里静得可疑。有一两回，“大哥”看见分田，就说：新来的吗？霞姐立即将他话头截断，引到与分田远些的桌子就座。分田满腹心事，并看不出霞姐怕她。天又下起雨来，汽车从水滑光亮的路面上嗖嗖地过去。司机大约都急着回家，少有人下车打尖。分田看着雨出神，霞姐看着分田出神。到了晚上，霞姐终于忍不住，跟了分田进客房，先用毛巾将床挡、条案及案上什物抹了一遍，然后问道：你那妹妹是与你什么地方分开？你又听得有什么消息，她是去了哪里？你要告诉我些线索，我才好帮你找人呢！分田望着霞姐，思量她话里的意思。霞姐大约二十八九，近三十的年岁，人很高大，头发烫成粉丝似的，在脑后高高抓起，穿一件带衬肩的大红连衣裙，立在灯下，有几分像庙里的金刚。分田几乎是坐在霞姐的暗影里，可眼睛灼亮着，霞姐倒有些发毛，冷笑一声：我真帮不上你的忙。说罢要走，分田却在背后开口道：我就不信你不知道！霞姐回过身，反问：我知道什么？分田也反问：你说呢？霞姐逼问着：说什么？分田再问：你难道不知道？两人心里其实都在想：她究竟知道什么呢？房间小，两人几乎是脸对着脸，呼气都呼到对方脸上。霞姐说：我凭什么要知道，欠你了？分田就说：不知道就不知道，急什么？霞姐说：谁急了？分田说：你，你急了！霞姐说：我看是你急。分田笑了：我急就我急。霞姐也笑：我看就是你急。分田点头道：我愿意急。霞姐也点头：那就好好地急去吧！两人再对着看一会儿，最后霞姐拉开门，眼睛看着她退出去，分田便在心里鼓掌：跑了，跑了，逃跑了！

她们这样僵持着，两人的心事都很重。分田一筹莫展，但好在没有顾虑，管他呢，反正是豁出去了。霞姐呢，当然有顾虑。店里住了这么一个客，本是那样的生意，怎么施展得开？所以比较起来，还是分田占优势。再僵持几日，霞姐又跟着分田进了客房，与她并肩坐在床沿，叹一口气，再一次问：你那妹妹究竟与你什么地方分开？有什么消息说她去了哪里？虽然是同样的话，可却有了讨饶的口气。分田都不敢回应，怕露出她其实什么都不知道，对方有什么也不肯说了。霞姐接着说：你看，你在这里，我们怎么做生意？这话多少有些推心置腹，分田回话：我又不是不付账？且像小孩子在犟嘴。霞姐不由笑一笑：你是付账，谁说你不付账呢？两人停了一会儿，分田冒了一句：反正我要找我妹妹。霞姐说：可你妹妹在哪里呢？分田说：我掘地三尺，也要找我妹妹出来！霞姐喝道：什么话？晦气不晦气！分田自知失言，竟出了一手汗，心怦怦跳着。霞姐放缓口气，说不定，你妹妹过得挺好。说罢起身出门去。之后，又是几天两人不说话，至此，已将近一个月的时间过去了。分田日日坐在店里，既不像客人又不像主，来人心里疑疑惑惑的，真有几回，过门不入了。又临到国庆日前，派出所加强治安整顿，打黄打非，连了几天，都有警察上门，看看，问问，记录些什么。逢到这时候，霞姐便紧张万分。有一日，警察还让分田出示证件。霞姐手里端了一壶茶，忘了放下，就这么站着，看分田掏出身份证，回了几句话，话里倒一句未提找她妹妹的意思。警察例行完公事，走出门去。霞姐端着茶壶茶碗送到门外，又走回来，方才发现手里的东西。她停了停，轻轻放在桌上，说：我看你横了心要坏我生意，我也想不明白究竟怎么得罪了你，也好，我生意不做了，这就关门，你走吧！分田说：横心就横心，我不找到我妹妹是决不走的！霞姐就爆了：你找你妹妹与我何干？为什么赖上我，你给我走。分田让开她：就不走！两人绕了桌子转几个圈，虽然是认真的，看起来总有点像玩笑。分田说：或者，咱们找警察说话。霞姐道：你当真？趁没走远，去！隔了桌子，一把拽住分田的手，分田挣脱了，把她拉了一个趔趄。两人心里都不想找警察，做霞姐这样生意的人，自然越少与警察沾边越好，分田则是怕到了警察跟前反而露破绽，她并没有在公安挂上号，既没证据也没线索。两人站了一会儿，分开了，一个依然开店，一个依然不走。

又过了几日，霞姐来找分田说话，说：你到底说说看，当时带你们姊妹来的那三个人的模样、年纪，说话，我要帮你也好帮。分田说：你还问我？你应该知道。霞姐端量她一会儿，说：你这孩子真难说话，就走开了。分田倒有些动摇，想自己是不是该同霞姐合作，可谁知道霞姐究竟是什么人呢？要还是在试自己深浅，晓得她没什么线索就不拿她分田当真了。在疑惑不安的心情里过了两日，到夜里，分田已经上床了，霞姐却敲门进来，将一张字条放在分田被窝上：这是我打听来的地点，说那里有个外来的小媳妇，你明早就去吧，要不是你妹妹，我也无法了。说罢又加一句：千万别对人说是从我这里打听得的，吃我们这行饭，本不该长眼睛长嘴。她掩门出去，分田一个人坐在被窝里，做梦似的，久久回不过神。

第二日一早，霞姐将分田托交给一个卡车司机，让他捎分田一程，送佛一样送走。这位“大哥”显然是昨晚宿在店里，而且与霞姐似有几分情意，临走前，拉了拉霞姐耳朵上的金坠子，然后跳进驾驶座。一路上，他并未与分田搭话，将车开得飞快，大约开出有三四里路，他停住车，示意分田下去。转眼，分田便站在了路边。路上有汽车往来，等了一时，招手停下一辆中巴，赶紧挤了上去。车下的路渐渐变成土路，颠得很，颠了一个时辰，下到一个站，接下去就是步行了。太阳高到头顶，庄子里炊烟的柴禾气，点火做饭了。分田不觉饿，也不觉渴，她已经想好了，那小媳妇要不是水，她就再回霞姐店里去，再坐着，等，不怕霞姐就供不出水的下落。走过一个庄，再走过一个庄，炊烟起了，又灭了，午后的寂静里，偶有一声鸡犬鸣叫，很满足的哼声。依着纸上写的字样，分田走进一个院子，陡然间，她以为又到了留三家的院子。其实这两个院子并无共同之处，这一家略要富一些，鸡在地上啄食，院里有几棵树，桃树，李树，还有柿子树。树下晾晒的衣衫也比留三家的颜色鲜明些。而且，这家院子是错落在一堆院落中，不像留三家，临了村道，站台子上。但分田就是觉着很像留三家院。她心跳得又轻又快，都有些头晕。院子里坐了个小媳妇，怀里抱个未出月的毛孩，正喂奶，听有人来，小媳妇便抬头。

太阳旺旺地照着，遍地是光和影，她就像坐在花影里，脸显得很白，很小。两人对着呆一会儿，分田叫了声：水。水就哭了。分田到她跟前，蹲下身子，问：水，过得好不好？水说：不好。跟不跟姐走？分田问。走！水将奶头从毛孩嘴里拔出来，毛孩力气却很足，将水的奶头拉得老长。水掖好衣服，将小孩往地上一张小棉被上一放，站起来就跟分田走。等孩子的哭声引出屋里的老婆婆，两人已跨出院子。老婆婆不明白怎么回事，愣着，想过来了，便追过去骂，水回过头也骂。两边骂得都很刻毒，分田不让她骂，拉她快走。两人顺了来路走着，走到公路上，招手上了一辆中巴。七转八折，天黑的时候，到了徐州站。

这是真正的徐州站，而不是徐州西，广场的灯都亮了，映得半个天发光。水这时候才想起问分田：咱们去哪里呢？分田说：去上海。水跟着分田，在人头攒动的广场上走着，等买好票，进候车室，水才又“哇”一声哭了，哭她的小毛孩。分田说了声：莫哭！水应声就止住。二人寻到去上海那一列队，排上去，转眼间后面又续上人，左右亦是长龙阵。两个姊妹淹进人海，看不见了。

临淮关

小杜的家在临淮关，她父亲在临淮关大小也算个人物，人们多有求着他的时候，他是做什么的呢？码头上一名船工。谁要乘船，他可以代买票，也可以不买票，领着上船交给一名熟人。蚌埠和大柳巷之间往返的轮渡，一般是在正午或者午后一时许停靠临淮关，那些穿着橡皮裤和水靴，将木码头踩得咯吱响，咣当放和起铁锚的汉子里面，就有她的父亲，那个小个子就是。体魄大多魁梧的江淮船工里的小个子，在一般人至少是中等个了。由于体格紧凑，更显得结实，铜铸的似的。倘若不是室外作业，受了太阳和江风，变得粗粝了，他一定是个白皙的男人。小杜长得其实像她父亲，蒙了眼的人们常常惊讶，老杜家的二丫头像谁呢？竟然如此俊俏。小小的杏形的脸型，真就像古人形容的美女，眉可入鬓。一双眼睛也是细长，经常是低着，眼睑就格外清晰，也突出了小巧端正的鼻梁和鼻翼。嘴似乎有些薄与大，但略低着看过去就也不显了。下巴正就是杏的那个尖，又似乎小了些，但也不碍，因为整体是精致的，配合则比较得当，比例就均衡了。和父亲一样，她的身个也是女性里的中等，同样是紧凑的骨骼，俗话说的“衣服架子”，穿什么都好看。因不像父亲那样受过力，且是个女孩，就要柔软和轻盈。当她那样低眉垂目地走来，就好像从画上走下来的。那时候有个电影叫《画中人》，临淮关街上的人都叫小杜“画中人”。

小杜俊俏，而且聪敏，这点人们就看出来了，是随老杜。老杜这人言语不多，却有人缘。这人缘一半得自老辈人的秉传，他家是临淮关的老户，上几代就有人在淮河滩上背纤，向水里讨饭吃。街上人，谁不知道老杜家？老杜家院子里那棵椿树，是街上人识路的标志，说起来，就是“老杜家的树南”，“老杜家的树北”，以此可见出老杜家在镇上人心目中的位置，是具有历史性的社会基础；人缘的另一半则来自老杜本身。他是一个有心人，平常时候没什么，到了关键处就显出来了，他家几个儿女的安排就非同一般。他家老三老四是一年里中学毕业，一个在镇头上的学校，一个在镇尾上的学校。这一年毕业的学生，开始有留城的名额，像老杜家这样，有两个孩子毕业的，就可以争取一个留镇上，一个下乡。可是，老杜家的孩子却都在镇上，一个手管局，一个农机厂。原来，两个学校都以为对方学校的学生下了乡。这本来是一个错误，可因为老杜家向来为人宽仁，就没有人去说破。而老杜呢，也不让众人为难，不等消息传开，就将在家待业一年的二丫头，也就是小杜，下放去了。小杜的那一届，是全体下放，不留一个，她爹妈不说让走，也不说不让，只是拖延着，心下是不舍得叫这唯一的姑娘离开。在家里，并不多她一口，到乡下，反要周济她，将来更不知怎么出路。不如不走，现在能帮把手做家务，将来找个好人家嫁过去，倒不耽误她。但此时此刻，为保全下面两个弟弟的着落，老杜把小杜送出去了。

老杜送小杜去的地方不是临淮关所属的县份，但是同临淮关在一条水路，靠近另一个县五河县的县城。老杜是吃水上饭的，在心里，更和水近，觉着水上一个个停靠点，才是够得着的地方。身后那一条津浦铁路线，虽然快捷，而且联络着更大的城镇，与他却是隔膜的。那些水路上往返的常客，渐渐成了老杜的朋友，有时候错了一日一趟的航次，会在老杜家过宿。老杜的女人，换了床上的铺盖，就灶上灶下地忙碌。老杜女人的饭菜，是最家常的，可就是不凡。旋成螺旋形的黄瓜皮，糖醋渍了；整个儿的茄子，拉上几刀，浸了油，用火慢慢烤；缸里头一层白菜叶一层槽鱼煨成的酥鱼，终年满着；过年起就酱了的猪腿，片下透亮的肉页隔了水蒸。老杜和客人，慢慢地喝和吃，因老杜是个缄默的人，客人就也没了说头，可自有一股温煦的情义，自酒和菜中生出。到九十点光景，这在镇上，已经是夜深了，老杜的女人煮一锅玉米粥，粥里加了葱花和自家腌的豆豉，咸滋滋，热乎乎下肚两大碗，结束了夜宴。这些宿客，有时会让人捎东西给老杜，一个鼓鼓的包从船上扔向码头，叫一声，给老杜，就算捎到了。也有时候，会从码头上回扔过去一个扎紧了口的蒲包，里面是活虾活螃蟹。不是老杜讲究什么礼尚往来，而是，他将他们当成自家的亲戚。在老杜沉默少语的表面下，其实有着豪爽的心胸。从十六岁起，他就在这条河上做船工，见过多少南来北往的人，所以，老杜的世界是很大的。还有的时候，老杜的女人会托这些过客捎东西，捎的大多是女人的东西。香脂、肥皂、衣服鞋的。最大的一件，是一架上海产的蝴蝶牌缝纫机。小杜自然是第一个受惠，兄弟们不稀罕这些，她娘又不会与她争，因此，小杜穿的用的，都与人不同。本来就是俊俏人，再装扮起来，更出众了。同学间替她又起了个名：上海人。其实除了那架蝴蝶牌缝纫机是上海生产的，其他衣物，大多来自蚌埠、芜湖、合肥，至远是南京。这别称里就有了几分讥诮的意思。谁让她是人尖呢？女生们又多是小心眼儿的。小杜在学校里多少是孤傲的。

小杜下乡，是老杜托一位朋友安插的。朋友是蚌埠下放干部，在五河县的县城“五七”办公室工作，经常从这条河道上往返，与老杜结下了友谊。老杜的朋友本来是将小杜落进一个先进集体户里，因是先进，又都是女生，比较令人放心。可是小杜不要，她既不喜欢先进，也不喜欢女生，这两样都是孤立她的，她坚持要一个人独立门户，老杜的朋友只得另作安排。

小杜走，家里就好像发送闺女出门子。是唯有的姑娘，又是为两个弟弟作牺牲，心疼加上歉疚，不知怎么陪送才对得住。打了两口大箱子，重做了四季衣裳，被褥枕头，家里最好的摆设，三五牌台钟，镜子，两个铁壳热水瓶，过年放瓜子炒货待客的八角漆盒，都打成包让她带走。小杜说：你们这是不让我回来了？她娘一下子哭了。小杜没哭，她自己收拾出一口旧箱子，取几件衣裳，一些梳洗用具，只提出，要那架蝴蝶牌缝纫机。哪有人不答应的，几个兄弟一起动手，转眼间，蒲包草绳裹扎得结结实实，插进杠子，抬上了轮渡。

小杜就在老杜朋友栽培的先进集体户的边上，生产队长家院里，放粮食的西屋，靠墙安下一张绳网的床，乡人们叫凉床，床头打横再放下她的缝纫机，箱子就架在两根木方上，安顿下来了。地方是逼仄了些，但在人家的院里，总是安全。小杜不是要一个人吗？老杜的朋友确是费了脑筋，也可看出他与老杜的情义是很诚挚的。队长的女人问小杜，是在他家带饭，还是自己单烧。小杜说自己做，这让队长的女人放下心来，她很怕伺候不了这个俊俏的闺女。说是从临淮关来的，可在她看来，却要比那一集体户的上海学生还更像上海人。那几个学生已在乡里受了一年多的煎熬，又都是积极分子，一点不知道惜力。如今，脸黑了，头发枯了，衣服晒褪了色，说话呢，都学了一口本地腔，站出来，和乡里的姊妹没什么区别。人们觉着好，可又觉着不怎么好。他们身处封闭的乡间，内心渴望着见到一些外面大世界的事物，与他们的生活太过相似，便难以激起热情了。而这个小杜，却带来新鲜的空气。她铺的，盖的，穿的，用的，一点不比那一伙上海学生差，长得比她们都好。而且，临淮关也算个大码头，要说，都比五河县城有名声。据老人称，古时候，商船过临淮关是要交税银的，是南北交道的关隘，兵家必争。于是，小杜的口音，在他们听来，也是有大地方的气息的。最令人震惊的，还是小杜带来的缝纫机，只这一桩，就可把那一户上海学生的东西全盖住了。所以，人们都对小杜怀了尊敬的心情。

但是，小杜却又不像他们所以为的那么骄矜。她和队长家共一个灶台，从来就没碍过人家的事，插空就做出自己的饭来，将灶上灶下收拾得一干二净。缸里的水，她也总是及时地添上足够她用的那一份。几乎显不着多出她这么一个人来。她虽然不怎么爱言语，像那几个先进知青，一有闲空就挨家串门，问这问那，问的又不在地方，反显得嘴碎——她与人却不怎么打扰，可要是求她在机器上扎个什么活儿，她从来不推托。乡里人能有什么缝纫活，无非是打个补丁，缝个边。这样零碎不成器的东西，小杜并不嫌弃，每回都服服帖帖地做好，也不计较针线。唯一给人留下说头的，是她下地做活的装扮。无论多热，哪怕七月天锄豆子，小杜都是长裤长褂，手上一副白手套，头上一顶大草帽，帽檐上搭一条手巾，垂下来，罩住脸。站在地头上，十分的古怪。可是这又有什么呢？爹妈给的好水色，怎么护都不为过。再说，人家的活计又不差，锄把握得很有样，苗和草分得一清二楚，不像那几个上海学生，要出许多洋相。

其实，对于小杜，乡里的生活与镇上的，差别并不是那么大。水也是要挑的，吃粮食，有挤面的机房，也有牵驴到磨房推的。为省下煤钱，小孩子上下学都带个小耙子，路上搂草。家前家后，开了小片小片的菜地，谁也会锄和刨。甚至，她们家还喂了一口猪，所以，她就会烧猪食。乡里的民情和镇上的也差不多，小杜又是在老户人家长大，行止都有榜样，晓得进退轻重。可是，这不表明小杜就喜欢这样的生活，她就应该过这样的生活。有时候，听见乡人们奚落上海知青，是出于对她的夸奖，她却觉着一种悲戚。似乎，人们承认她是可以在这里生活的。乡人们说她比那几个上海知青更像上海人，她也感到悲戚。因为他们没见识，而她竟然合了他们没见识的品位。她是有识别力的，她知道她们那么舍得学乡里人穿衣、说话、作派，舍得泼出去泥里水里打滚，胡糟践自己，就因为怎么样她们也是大城市人，怎么样也是上海人。乡邮员送到大队部的，那些落款写了上海某区某路的信，邮包，汇款单，证明了她们与那座城市的牢固关系。幸好，小杜长得比她们都好，穿的用的也不差，这才有了些底气，可以和她们保持着不近不远的关系，而不至于自卑到不与她们往来。

就这样，上海知青集体户继续着她们先进的道路，上县、专区甚至于省的积极分子代表大会开会发言，捧回奖状，小杜却是得乡人们的心意。她的缝纫活也出了名，远近都有人来请她做衣裳。甚至于队里那伙上海知青，也有上门的。当她给她们量尺寸的时候，她窥见了上海服装上的新潮流。她们难得回去一次或者两次，却还是带来了上海时尚的消息。比如，裥不是打在前胸，而是从腋下向上打去，比如斜插袋为贴袋所取代。她还从她们不经意的流露中学习了上海的服装用语，比如，称春秋衫为两用衫，比如此地人说的衬衫的“小袖子”是谓“克幅”。那个遥远的城市，绰约地向她展现繁华的面容。不久，开始招工了，集体户里有两三名知青受到推荐，她们竟都谢绝了，还一起贴出决心书，表示扎根农村一辈子。乡人们都觉好笑，问她们真一辈子？回答真一辈子。那么给我们家做媳妇好不好？她们哗一声笑起来，四下逃跑。问话的人还不依，追着问。有胆大泼辣的，便迎回来说，好！这就轮到这人逃跑了，谁家敢娶这样的媳妇？此时小杜方才下乡，还不够满两年的推荐条件，从旁看她们逗趣，心情也是复杂的，想这些上海人因是心里有底，才敢将人生的际遇当儿戏。

像集体户，尤其是女生，在一处生活，难免会生龃龉。有时候，她们会去对小杜说，因小杜是局外人，又同是知识青年。这人说几句，那人说几句，小杜渐渐也了解了一些内情。一是知道她们所来自的上海区域在城市边缘，甚至于她们是将市中心称作“上海”，好像她们所在并不是上海似的；二是她们都期待着招工，所以放弃，除去为要保持先进的姿态，多少有一些是因为谁走谁不走摆不平。听来，她们中有几个家中相当拮据，盼望她们早日有一份吃商品粮的工作，至于在什么地方并不重要。她们既已离开上海，就也不作回上海计了。小杜由衷地同情起她们，之间的关系融洽了许多，但也没有亲近到要与她们做知己。在她心里，与她们总是有着隔阂，这就像“出身论”一样，是由先天决定的。再过些日子，上海知青，即便是先进集体，也露出凋敝的颓势了。她们再也不掩饰对乡间生活的厌倦，因收支不匀终至分户，各起炉灶，等到她们的户长，被推荐去合肥上大学，所有暗藏的矛盾就都表面化了。她们彼此间不再说话，形同路人，县里再开积极分子大会，因无法推荐出代表最终放弃参加，就此结束了集体户的政治生涯。在这分崩离析的时候，招工却又冻结，前景茫然。而小杜，就在这时候，借调到公社广播站做播音员了。

老杜的朋友一直关照着小杜，他觉着，老杜将姑娘托付给了他，他就要负责到底，不可半途撒手。他从蚌埠下放农村，心情多少是落寞的，从这条灰暗的淮水上往来，老杜家是他的栖脚地，给了他温暖。老杜没有什么权势，只有一颗待人的诚心，凡是朋友从他码头前过，他总是热情款待。也是他会看人，交的朋友都是感情质朴的人。老杜将小杜交托给朋友的时候，朋友看看小杜，先是问，会演戏吗？因为见她长得像戏台上的人。小杜老实回答不会，朋友又问有什么特长，小杜就说在学校时做过广播员，那朋友很有心地记下了，这时候，果然用上了。公社广播员随军去了，余下个空额，老杜的朋友推荐了小杜。其时知识青年上调冻结，不能正式办手续，就只能借调，倒对小杜方便。因小杜下乡不满两年，要认真计较，就不合上调规定，如今借调，则是一句话就走了。不管小杜是不是正式上调，知识青年们还是十分羡慕。那几日，上海知青们轮着上门向她祝贺，帮她收拾东西，同时也感叹自己的出路不知在哪里。这一回，小杜真的有些感动了，不止是为她们的好意，更是为她们能够那样坦然地表示心情。但是，这又从另一个方面证明，她们总是占着优势。小杜再心思曲折，总还是个姑娘，性情毕竟温柔。她为了强调自己仅是临时工，不定什么时候就会被打发，她们依然是同命运的人，她没有将东西都带走，而是留了一部分衣物，甚至连那架蝴蝶牌缝纫机也留下了。在她心底深处，隐秘地也藏着些防备，防备会有不测，为了招工上调，亲姐妹都有翻脸的。她比别人都晚来，结果却是先走，多少有点令人不安呢！于是，她到了公社广播站，隔一两个礼拜，就回来一次，取些换洗衣服，意下也是看看她的缝纫机，有没有人动。跑了几趟，东西渐渐拿干净了，最后，来了一挂平车将缝纫机也带走了。人们从此就再见不着小杜了，可是，一日三次，拉线广播里都传出小杜的声音。那声音却不像，因说的是标准语，所以更像是广播电台的人。

小杜在公社院里，独住一个单间，广播间。倚南墙窗户底下横一张床，床头顺东墙是缝纫机，屋子中间方桌上是唱机，唱片，广播喇叭。北墙是一列文件柜，其实也没什么文件，主要是给小杜放衣服杂物，墙角立一具脸盆架，地方不大，却有条理，也显得敞亮。院里时常有知青来，错敲了她的门，就看见门前地上站了个衣着邋遢，面色憔悴的青年，急煎煎地要找哪一个干部，为的总是招工或者招生的事情。小杜就会有一种侥幸，侥幸自己及早脱离了那样的命运。这种心理使得她变得比平素热情，所谓热情，在小杜也就是给人指个门，告诉要找的干部在和不在。她是个内敛的人，对人总有几分保留，至多是有一次，敲门的正是她插队那个庄的上海知青，时已向晚，于是在空地上铺一张绳网的凉床，留她过宿。那晚，正好公社来了电影放映队，放完电影，又喝酒吃饭，两个放映员喝得有些高，走不了，就也要在公社院里留宿，床铺被褥却不够。小杜就说让那上海知青与她挤，腾出一张床。那上海学生早已睡熟，这时被小杜拉出被窝，由人抬走床和被褥，也没问个所以然，爬上小杜的床，再接着睡。这一晚，小杜和上海学生打通腿睡了一宿，睡意蒙眬中，就觉着好像是自己的姐妹。其实小杜并没有姐妹，甚至也没有特别亲密的女性朋友，此时，她体尝到女友间的温存情感。

等知青上调重新解冻，可以办小杜的手续了，可老杜的朋友却按住了。原来他瞅中县广播站将会有一个空额。县广播站的两个广播员中的那一个，县革委会副主任的儿媳妇，要调去工业局做干事了，正在物色新的广播员。小杜在公社广播站工作得不错，凡来到他们公社的人，假如正遇上广播时间，起初都以为是北京，或者省城的电台在播音，直到听见本乡本土的庄名人名，方才悟过来，原来是自己的播音员。还有见到过小杜本人的，就更要赞叹了。渐渐地，小杜就有了些名声，老杜的朋友向县里广播站推荐小杜的时候，人们并不觉突兀。这样，小杜的户口，粮油，档案，就按着知识青年招工的政策，直接往县城办过去了。要是关系到了公社，就还要先等转干，再启用干部调动的条例。公社才有多少个干部编制？播音员都是以工代干，转干的希望几乎等于零。所以当时招工冻结，小杜不能正式调到公社，如今看来，正应了一句古话：塞翁失马，焉知非福！老杜的朋友原是人事干部，深谙里面的奥妙，才能应用自如，调配得当。总之，也是小杜命好，算得上左右逢源。

现在，小杜就到了县委广播站。县委广播站比公社的正规多了，播音室里不能住人，播音员是住宿舍，和另一个播音员合住一室。房间虽然大，可总不如自己一个人自由。这县城说是县级行政区，却还比不上小杜的家乡临淮关大和繁荣。所谓城，就是两条相交的水泥路，路口一幢二层的百货楼，是城内最新和最宏伟的建筑，余下就都是一排排的平房，住家间着店铺。店铺里没什么东西，也没什么人，从店铺的冷清就可看出这地方的贫寒。住家的院落多是小而逼仄的，养的猪瘦得像狗，惶惶地跑过街面。起炊时分，烟火里尽是草木的枯焦味，没有一点荤腥气。只有走到街的东头，路渐渐平坦，视野开阔起来，这才发现，两边的院落已变得高大齐整，原来都是县委的行政机构大院。小杜工作和住宿的地方，就在其中。所以虽然生活似乎还不如先前在公社时的舒服，可是，身份却不同了。

小杜在县委大院安顿下来，定睛一看，满街都是上海知青，好像一夜间冒出来的。他们呱里呱啦地说着上海话，嗑着瓜子儿花生，在街上走过来，走过去，最后都聚在电影院门前的台阶上。这是县城唯一的娱乐设施，也是唯一的夜晚生活。上海知青在台阶上，黑压压地站成一片，看起来有些悲壮的意思。因招工的政策是，蚌埠学生回蚌埠，合肥学生回合肥，而上海学生却回不了上海，结果，便与本县的知青一起，留了本县。农机厂、化肥厂、酒厂、窑厂、百货楼、饭馆，四处都有上海的知识青年。此外，公安局、文工团、文化馆，也进了极少一点知青，但那都是有专长或者表现特殊的。无疑，他们在招工这一次新的社会分化中，成为知青的上层。小杜就属于这个阶层。看着这个变得喧哗的县城，小杜难免会有些居高临下的心情。街上的上海知青，穿着整齐了，肤色也养白了，但总是有一种落寞的表情。无论他们怎么旁若无人地大声说着他们的上海话，穿着上海最新流行的质料与款式的衣装，结成上海人的团伙，依然抵挡不住在流落偏僻异乡的命运中，一径陷落下去。是原本就有，还是地位有了变化，现在小杜看出他们的粗俗，和本地的“街华子”没什么大不同。“街华子”是此地乡人们对街上人的谑称，这称呼描绘出一种放浪的形态，就像流亡无产者的形态。同时，“街华子”也被县委机关这一带家属院里的大人孩子，用来指称老住户的某种风格。这就带有批评的意思，指的是市侩气。小杜发现，上海知青们，就和“街华子”差不多，他们有意摆出的优越感，其实是有些虚张声势。小杜插队地方的乡人们，常常讥诮街上人将手帕说成“手捏子”，连成句式就是“一角钱买一个手捏子”。“一角钱买一个手捏子”，就像上海人坚持要说上海话一样，是要坚持一种身份似的。事实上呢，上海亦是粗俗的。

就这样，在这个荒凉的县城，却因是在县委大院里，小杜的眼界变大了。虽然，生活是要比先前屈抑着。与她同屋，姓洪的女播音员，也是下乡知识青年，第一批招工上来的，父亲是专区人武部的干部。她从小在靠近北京郊区的河北长大，说一口流利的普通话，但却有一些方言发音，是改不过来还是不愿改，一直保留着。要说小杜的普通话更纯正，可小洪的放松，以及那几个京郊方言发音，却使她具有一种语言优势似的。小洪是个性格粗糙的人，不会留心到别人的感受，说话就不大入耳。比如，她总是称平民百姓为“小市民”。“小市民”其实是类似“街华子”的称谓，但又不像“街华子”有特定性，范围更大，是出身论的概念，将小杜这样一般家庭的人都囊括进来了。但性格粗糙也自有它的好处，因往往又是简单的，不计较小节。在一个屋顶下起居作息，本来有许多琐细的矛盾，可在小洪这里就都不存在了。所以落在具体处，小洪又是很好说话的。小杜这样心思绵密的人，对付小洪是省心的，但却会受伤害。

小洪的朋友很多，都是专区地委干部家的孩子，一起生活在机关家属大院里面，如今下放四乡八里的，也有抽调到厂矿或者参军的。他们喜欢互相串，声势很大地骑着自行车，五六七八人一伙，呼啦啦来到县委大院，站了一片。小洪手上的事一完，就跳上其中一人的车后架，再呼啦啦地骑走。有一回，竟然还开来一辆吉普，停在小洪和小杜的宿舍门口，大声喊小洪的名字。也有时候，他们进了小洪和小杜的宿舍，由小洪用洗脸盆打来菜和馒头，一伙人围着呼啦啦地吃，还喝啤酒。不用杯子，嘴直接对了瓶口，互相传递着喝。逢到这样的场合，小杜就总是让出去，自己到广播室里待着。她知道平日里都是她用宿舍多，小洪的生活比她活跃，多是在外活动。所以，偶尔地让给小洪，甚至等他们散了后，她还要给他们打扫收拾，她都无甚怨言，也高兴能与小洪扯平，谁也不欠谁。出来进去几回，她与他们大致能认个脸熟。有一回，小洪与她这些狐朋狗党混过了回来，对小杜说，某某某说小杜像林黛玉，她就问那人想不想做贾宝玉。小杜一下子红了脸，想要发作，又压住了。小洪只当她是害羞，越发放肆地大笑起来。小杜没做声，有两天没搭理小洪，小洪并不知觉，因她平时说话就不在乎人家反应的，小杜又不在她的视野里，怎能注意到小杜的心情？小杜早已了解小洪说话随便，惯爱拿男女的事情开玩笑。其实也是出于害羞，才更要夸张，反显得无耻了。使小杜恼怒的并不止是这玩笑的轻薄，还是——怎么说呢，有这么好笑吗？小杜与他们中间的一个配对难道就成了笑话？似乎是，她与他们之间有着天壤之别，完全不可能同日而语。小杜知道小洪说的某某某正是与小洪自己比较亲密的一个，小杜曾猜测他们正在处对象，于是，这玩笑中含有的轻蔑就更严重了。要说，小杜的多心不无道理，可似乎也没必要这么认真。然而，具体到小杜的处境，情形就又复杂了。所以说，小杜在县城的生活，有利亦有弊，利和弊都升级了。这也说明小杜的生活是在进步。

事实上，有了小洪，小杜给人们留下的印象才更鲜明了。她不是那种政治上要求进取，行动主动积极的人，但她安静的作息，却有效地保证着日常工作稳妥进行。她长相俊俏，当然，似乎源于某种传统，广播员都是俊俏的，但因人们有了好感，就觉着她的模样更可人一些。她还会裁做衣服，就使得那些家属们也与她和睦了。也好像源于一种传统，广播站的播音员往往会成为县里领导干部们物色儿媳妇的人选。那些乐于做媒的女性干部或者家属，自觉就承担起牵线搭桥的义务。在小杜之前的那一位播音员，不是嫁了县革委会副主任的儿子，然后就提干，调往工业局了？显然，小洪不在此列，她本人就是干部子弟，有着自己的社会关系，她也不是要人做媒的性格。小杜却正相反，她家境平常，独自一人在外，性情又和顺本分，是长辈们最热心说媒的那种类型。她来到县委大院不久，就有好事的女人们将县里前几把手的孩子们排了队。这时节，几家的男孩子大多没长大，还在中学读书，有几个长大的，或是下乡插队，或是在外读大学和当兵，都是前途未定。排来排去，只余下一个，而就是这一个，简直是天造地设，说媒人都舍不得将他出手。这是主管农业的副县长的独生子，叫海林，初中毕业在芜湖读了中师，先分在县中教书，后又调入县教育局当干事。说起来有些资历了，可实际上因为读书早，随父母升迁职务转移地方时又跳了级，所以年岁并不大，正好比小杜长一岁，时年二十二。两口子只这一个孩子，养得很仔细，就长得好，肩宽腿长，运动型的体格，却是文静的性子，待人接物十分温和有礼，大院里无论老少男女，都很喜欢。在县城里，又是干部子弟这个圈，二十岁出头不算是年长，但像海林这样有了工作，就可将婚娶提上议事日程了。可也因为他出道早一些的缘故，与他相配的女孩多还没有归宿，也是插队，当兵，或者上大学。所以，这个海林，就像专给小杜留着似的。

其实海林已经注意到小杜了，倒不定是特别的吸引，当婚嫁龄的男女自然会留心异性。有一日到茶炉房打开水，他提回到半路上发现暖壶塞掉了，开水淅淅沥沥地洒了一条线。他就返回去找寻，一直找进茶炉房。小杜正在，那软木瓶塞又正在小杜脚边。她替他拾起来，用自己壶里的开水浇了浇瓶塞上沾着的土。海林看到她的手指头灵巧地躲避着热水，侧了几下就将瓶塞洗净了，交还给他。他还看到她垂下的眼睑，细长清晰的线条。这印象是有益的。所以，当他母亲，人称田姨，田姨的好朋友刘姨上门提小杜的时候，海林没有表示反对，不反对就可视作为应承。然后，刘姨又去向小杜提海林。刘姨是县里宣传科的干部，可算作小杜的上级。小杜同样没有表示反对，本也应当视作应承，可刘姨却似乎不满足，她又多说了一些关于海林的家庭以及本人的条件。小杜依然淡淡的，刘姨就有些悻然，撂下一句话：海林这样的，可是天上难找！小杜当然听出刘姨的意思，心里气道：并不是我找你们，是你们找我！不过，她也知道这是个绝好的机会。自她来到县广播站，隐隐地觉着将来亦有可能走她前任的路，嫁县领导家的孩子。可具体到人，情形又是多不相同。这个海林，曾有几回送广播稿来，是她接的手，看他言语斯文，说话就脸红，与他高大的体魄很不符，就觉着有趣，所以心下是乐意的。那刘姨呢，没有得到小杜强烈的反应，是有些失落，可再平下心想，一个姑娘家能有什么反应呢？又泰然了，加上做媒心切，第二日就差海林送播音稿去广播站了。再接着，不送播音稿海林也会去播音室坐一坐，喝着小杜沏的茶。即便是在一个人口众多，婚嫁对象也众多的大城市，都不见得能有这样般配的男女，一是刘姨成人之美，二也是他们自己有缘。这两个年轻人，平静地开始了他们的相处。

海林先是到小杜的播音室里，后来也到了小杜的宿舍，吃了小杜在火油炉上煮的腊八粥，自己包的饺子。要是碰上小洪，就必要受她几句奚落。她总是口无遮拦，说“小两口儿过小日子”之类的话。这两个都是腼腆人，就要发窘，海林对小杜说，要不上他家去坐，小杜说我们又不怕她！她多少有点喜欢听小洪的揶揄，这揶揄是有些甜蜜的，而且是出于小洪口中，就好像一种折服似的。她也喜欢海林在她宿舍进出，像要把她家门槛踏平的意思。出生在旧镇上老户人家的小杜，将谁上谁门这一点看得很重要，这意味着女孩儿身价的贵贱，也决定了在今后漫长的婚姻生活中的地位如何。所以，她执意不去海林家，使海林都有些困惑。因无论播音室，还是小杜的宿舍，都与海林家同在一个大院里，相隔两三排房子，打水共一个茶炉，海林家倘若来不及做饭，也是在同一个食堂打饭。海林是男方，生活在领导干部家庭，处在优势，是不会理解小杜的心思。这不是一个距离的问题，而是带有象征的意义。有一回，家中做了稀罕的吃食，他母亲，就是田姨让去叫小杜来吃，海林晓得喊不动，只问饭盒收在哪里，好装了送去。田姨沉下脸说了句：是要八人大轿去抬啊！田姨是个有口无心的人，岂不料这一回说到本质上，自己倒不觉着，只顾招呼桌上人吃。田姨家的饭桌上，总是有许多食客，这些食客多是来自四乡八里的上海插队知青。

田姨老家在更北边的一个乡村，本家有个大姨早年出外读书，后又参加革命，入了解放军，据说立有军功，官职很高，五十年代初进了上海，任一个区的区长。“文化大革命”，她这样的老资格，免不了受审查，挨批斗，自己顾不了自己，几个轮到下放的儿女，就全托付给老家来插队落户了。孩子带了同学，同学带了兄弟，因都想有熟人好照应，结果人越带越多。这些上海学生散在乡里，就像失了怙，顺藤摸瓜般摸到田姨这头，就有直接投奔来的了。如今要回溯起来都不知是哪条根上发的杈，那田姨家从此就像多了几门亲戚，而且是落魄的亲戚。平时是进城时上门，熬苦了，添几顿油水，县委大澡堂里洗个澡，再回去。逢到招工招生，就专为了跑调动而来，田姨还要为他们打探消息，疏通关节。田姨本性里有些好管闲事，又见不得人受苦，尤其是孩子。想人家大老远的离父别母，人地两疏，既是投她来，她就撒不了手。副县长是绵软的性子，由女人当家，自己也不烦孩子。那几个经常来的，张口闭口叫他“伯伯”，他只应一声，并不多话，原先略嫌冷清的家中却添了热闹。这些上门的学生中，以女生为多，其实这多少缘于田姨的喜好。她喜欢女孩，可惜生了一个以后就再没怀上。海林的性子有些像姑娘，也是因她无意中往女孩气里养的缘故。上海学生中有那么一两个她特别疼的，上门来都是与她一床睡。孩子回家去说了，那边的父母感激不尽，都有坐车搭船亲自道谢来的，于是田姨就更有了代管的责任。这一切在外人看来，就会生出猜疑，猜田姨是要在这些上海学生中，为自己儿子物色媳妇。这些说法传到小杜耳朵里，小杜自然会多心。

就像方才说的，广播室，宿舍，海林家都在一个大院，前后隔几排房子而已，虽然小杜没进海林家，可往来动静全像在她眼皮子底下。那些上海人又不怎么懂规矩，有时候撞了锁，自己就会去田姨和海林，甚至副县长办公室里讨钥匙。和海林说话也很随便，众目睽睽下嬉笑打闹着穿过大院。这海林说来也奇怪，平时挺拘谨的，可同这些上海女学生，却变得放开了。其实，小杜还不全了解海林。海林是独子，田姨又娇养了他，处世交人难免退缩胆小，内心也很寂寞。这些女孩子都是投奔他家来的，他不必费心应对，已经自如了几分，来了又一并起居，宛如自己的姐妹。他从来也没有与姐妹生活的经验，就更使他感到新鲜兴奋了。当然，也不能完全排除他会有一些特殊的喜爱，像他这样柔弱的气质，比较适合同女孩，又是南方的女孩相处，她们不像北方女孩那么鲁直，容易让他觉着受伤害。但喜爱归喜爱，他并没有生过那种念头。田姨未雨绸缪告诫过：人家是投奔我们来的，我们可不能怀私心。同时，他也是个现实的人，这些女生在乡间插队，不知什么时候能抽上来，抽上来又不知去往何处，所以并不作他想，一心只在小杜身上。小杜却不领情，每每要与他找气生。有一回，上海女生中的一个，进城来当日天下了雪，困在海林家，一困就是一星期。这个女生大约也出身清简人家，比较勤勉能干，一周里竟替海林织了件毛衣，而且是新式针法。海林很显摆地穿来给小杜看，不想小杜一下子变了脸，不再与他说话。在小杜，生起气既不吵也不闹，就是不说话。海林性子本来就内向，最受不了的就是不说话。要说这两个人在一起其实是有些闷的，和睦时还好，一翻脸简直就暗无天日。海林碰了几次壁，也犯脾气了，觉得小杜太量小。他不知道像小杜这样老派人家的女儿，一向以为衣服这些贴身物件多少带有私情的性质。再有，也怪海林不知道，小杜对上海人别有一番复杂的心情，本来，她都已经平静下来，这会儿，又被搅起了。所以，他们两人还是彼此不够了解。因为出身，境遇的隔阂，也因为他们都是平凡的男女，缺乏较为深刻的同情心，就有待于时日和机缘，精诚石开。

他们就这么较上劲了，甚至于，面对面走过，互相都作路人，不搭理。这当然有些夸张了，可怨气就是这样，滚雪球似的越滚越大。后来就有一天，海林在大院里遇上小洪，小洪大惊小怪道：你还没走？不是跟小杜晋见老岳丈去了？海林方才知道，小杜回了临淮关。虽然只是探亲而已，但却含有一种决绝的姿态。热情时，他们商量过一同去临淮关，现在小杜的不辞而别就更显得无情了。而且，小杜这一去，几天都不见回。海林不由牵挂起来，却又不好问，怕人家笑他缠绵，也怕人家知道他们闹不和。还是从小洪那张无遮拦的嘴里漏出来的，原来小杜的父亲住院开刀，她专回去陪护的。这时，母亲也从刘姨那里听说小杜父亲的事了，晚饭桌上，她与海林说，是不是要去看看，转而又负气道：不去也罢，咱们又不巴结她！田姨这话就说得天真了，可见出她从没有看低过小杜，于是就也不会理解小杜的心情了。倘若海林能依母亲前一个意见，去一趟临淮关，这一个僵局就解开了。小杜在家的日子，心情是灰暗的，她晓得自己是小题大做了。可是没想到海林竟这么不让步，她只得一径走下去，到如今真有些危急的意思了。她不敢想海林会来临淮关看她，他们都不是奇情浪漫的男女，可是，万一呢？大院里的生活就像是公开的，她父亲生病的消息一准会传进海林的耳朵，海林且是个性情温柔的人。她每日到医院送饭是从码头后边街上过，巷子里沓沓走出方才下船的人，小杜就会辨一辨，会不会有哪个熟识的人。在家里也能听见轮渡的汽笛，这一声长鸣又把她带去了下游那个县城。在那里待长了，也会念它的好处，就是平坦和敞亮，不像这旧镇的拥簇逼仄。石板路长年湿漉，各家各户的炊烟，又腻起油垢。家里边的人，小杜也起了倦意，兄弟们说话都那么粗声大气，因是有工作的人了，就很充大，动不动从兜里摸出烟抛给人家，做出豪爽的气派。母亲比上一回见又老和衰了一些，絮叨着要小杜找对象。海林的事原先并没和家里说，如今就更不好说了。父亲依然是寡言的，开了刀，人就见弱小了。对了父亲，小杜心里方才涌起温情，却是戚然的。有一两次，小杜到父亲工作的船码头办理报销什么的，走近看见淮河，河水白亮得炫目，眼里热辣辣的。对岸看不见有人，却传来杵衣声，小杜心里怅然得很。

海林性情是温和的，心里也想念小杜，可毕竟娇养惯了。在地方上权力阶层的大院里生活，或多或少染了居高临下的毛病。要他专跑一趟临淮关，去向小杜赔罪，他也不干的。而且，还有一层隐秘，那就是他实际有点怕小杜。每一回龃龉，都是以他妥协为收场，所以，就还怕小杜不给面子，更放不下架子了。海林感到灰心了。他是个老实孩子，从来见女生就红脸，因为缺乏比较，他也很难说是特别钟情小杜，可小杜是他唯一接近过的女孩，也是他认真考虑婚娶的。不承想姑娘的心思那么难测，自己分明没有一点错，却要被如此误解，实在很不公平。两人隔了一段水路，各自抑郁着。又过了大半周，小杜回来了。两人在院子里头对头碰着，因为突然，都没反应过来，错过了说话的时机。第一次见面没说话，第二、第三次也不好招呼了，只得再把这僵局继续下去。小杜背了人流了眼泪，出来时，洗过脸，梳过头，没事人一样。海林呢，和他母亲怄了几回气，他所谓的怄气，就是中午不回家吃饭，在食堂里打饭。其时，大人们都看出两个孩子不对劲。刘姨先去问小杜，小杜自然不会说什么，然后就跑去问海林。和海林这边的话却是这样的：谈得来就谈，谈不来拉倒，刘姨再帮你找！这刘姨的心理也挺奇怪，当初是她积极地撮合，撮合了却又好像后悔了似的，要来撺掇他们不好。在刘姨内心深处，终是觉着小杜配不上海林。这些干部大院里的人，实是有几分势利，因是女人，就又心胸狭隘。田姨嘴上说我们不巴结她，骂海林没出息，尽让小杜占上风，行动上则是又煮了稀罕东西，让海林叫小杜上门。这也真是小杜的运气，遇上这么一份厚道人家，真心实意地待她。而她总是多思多虑，自己苦自己，要照老话说，就是福分浅了。

海林还是不肯去叫小杜，他这一回突然变得很有原则。一旦有了原则，就一点不肯变通。这也是老实人来脾气，一根筋的。事情简直一点指望也没了。这天下午，工间休息，喇叭里放起广播操的音乐，人们走出办公室，散在大院里闲走，就见副县长背着手，走进广播站。正是小杜当班，见副县长进来，赶紧站起身。副县长看看桌上的机器，喇叭，正转着的唱盘，问了几句工作生活如何的话，就返身出来，走到门口又回头说：你田姨熬了冰糖猪蹄冻，下班回家吃饭。说罢才走出门去。这一回，小杜不能不去海林家了。大庭广众之下，副县长亲自上门来请，她可说挣足了面子。心下还是感激的，感激他大人不把小人怪，让她下了台阶。下班后，小杜去了海林家，田姨已经开锁进门，对她说了声“来了”，自己进厨房捅开炉子坐水，指示小杜舀米烧饭，又出门往伙房里拿托买的菜。不一会儿，海林也来了，见是她在厨房里，怔了一下，小杜已经吩咐他剥葱蒜了。忙了一个时辰，饭上桌了，四个人围一张方桌坐下。虽是有些生分，但其实都是大院里时常照面的，也都有些共同的人事可谈。其时，小杜不禁也觉着自己矫情了，将上不上门看得过重。等晚饭过后，田姨从抽屉拿出一块上海牌手表，送到她手上，使这初次上门又变得郑重起来，小杜反倒感到惭愧了。她推托几回，最后是田姨交给海林手上，由海林送她回宿舍时，帮她戴在了手腕上。

这年的国庆，海林和小杜结婚了。受田姨照顾的那几个上海知青家庭，纷纷邀请他们去上海旅行结婚，田姨和海林都以为可行，可小杜对上海的心情总是复杂的，她对那几个上海女孩一直无法释然。她在海林家中，不免要与她们正面接触，见她们在海林家比她更熟，田姨对她们也比对她亲热。事实上呢，因小杜是儿子的媳妇，对待起来终有些顾虑，不敢随便，自然就疏远了。到上海去，而且是住她们家中，小杜当然不会乐意，所以坚执不去。至于要不要办酒，田姨的意思是办，也不要大办，只请一些至亲的人，比如小杜的父母，儿女亲家总要见面吧！对此，小杜心里则是矛盾的。一方面她觉得公婆当然要与父母见面，她小杜又不是没有娘家的人；再一方面，她却是怕自己的父母见公婆，怕见出高下自己不好做人。结果是，她父亲写信来，让与海林父母解释，他工作上走不开，她母亲呢，因她嫂子刚生了孩子，要帮着照看，所以呢，就不去喝孩子们的喜酒了，孩子交给他们，也是令人放心的，如果婚假有多，很欢迎新姑爷来家看看。信上的话说得有礼有节，不卑不亢。小杜万没想到父母如此体谅自己，此一瞬间，她都感到自己和海林远了，因海林是决不能体会到她的这番心情。后来，他们的喜宴只是简单地吃了一顿饭，请了刘姨，还有其他各自的好友，小杜这边是小洪，其实也都是大院内的熟人，倒也热闹了一场。第二日，小杜便与海林一同搭船去临淮关了。

母亲早已将屋子收拾出一间，铺了新被褥，还剪了喜字。怕婴儿闹了新人，她哥哥将嫂子送回娘家暂住几日。父亲担心自己口讷，儿子们呢，又鲁拙了，所以特意留了一个过路的蚌埠客，好陪新姑爷说话解闷。样样安排舒齐，就等新人进家门。小杜先还担心海林不惯，她内心里总是将自己家看成清寒而无味。不料想海林深感有趣。他自小在机关大院里生活，没有过巷里坊间的人情交往，在这老镇老街，就觉处处新奇。大院里的家庭多是父母都工作，吃食堂比在家吃多，所以，小杜母亲的饭菜在海林，粗细都是美味。倒是父亲特留下的陪客没发挥作用，因海林更爱与小杜的兄弟玩耍。下棋，打扑克，到河滩捉螃蟹回家煮，晚上去电影院看电影——海林什么电影没看过？县大院每周末都扯起幕布，仅有的那几部片子，翻来覆去地放着。可拿了电影票挤挨在电影院的长连椅上，因总归有不凭票凭熟人潜进去的看客，所以长连椅上总要多出些人来，于是，大部分注意力不在银幕，而在底下的争夺，自有一番强弱对比的乐趣。小杜的家人也对海林非常满意，觉着一点没有干部家出来的人的脾气，还很看自己女儿的眼色。只有小杜才明白，自家人对海林的倾心倾力，原本的生活并不是这么样的。而海林呢，是当假期来度的，舅子们则是他的玩伴。三天时间过去，她和海林的假期满了。父亲送他们上船，每一条轮渡上都有他的熟人，早已留下了座位。小杜看父亲与他熟人说笑的样子，显出和海林相处时的屈抑拘谨。正日头下，父亲的脸色略见苍白，开刀时的亏欠还没补上，家里的日子哪能与海林家比啊！上船时小杜落后一步，将一卷钱塞到父亲工作服口袋里。船叮当地起锚，水手的橡皮长筒靴沓沓踩在木码头上，汽笛鸣叫了。都是小杜自小听惯的声音，此时都在唤她，殷殷切切。

大院里虽说都是国家干部，其实呢，也是和市井差不多，喜欢传闲话。就好像有人听壁脚似的，一传十，十传百地说，海林和小杜吵架，吵急了，海林冒出一句：你有什么了不起，你还没有某某某好看呢！这个某某某就是替海林织过花色毛衣的上海知青。这时节，上海知青不再像往常那么频繁出入他们家，因有一个推荐上大学，有一个按政策困退回家，另两个倒是招工到了县城，所在单位都在县委大院不远，但要八小时上班，生活又比在农村安定，当然，也多少有一些小杜的原因，她们来得稀疏了。她们与小杜一直保持着敬而远之的关系，彼此都没有做朋友的愿望，背地里叫小杜“酸冬瓜”。她们并不清楚因她们而起的纠纷，但女孩子总是有一种敏感，还有一种天生的妒意。这不是说她们中间有哪一位对海林抱什么想法，在她们眼睛里，连海林都是土气的，她们又不真想在这里安家。但她们自己看不上海林并不等于说，她们就认为海林会看得上小杜。她们这样过低地评价小杜，正说明她们对小杜有几分在意。至少在公众的舆论中，小杜是好看的，广播员的工作也比她们做工人好得多，还有，小杜有对象，即便这对象只是海林。而她们，因为不甘心在这里生活，婚姻就变得渺茫了。同时，她们也能注意到小杜对她们的敌意，这敌意是以过度的客套表现的。自从她与海林结婚后，这种客套里就有了一层做主人的意思，分外使她们感觉在客边，虽然田姨对她们一如既往，然而，怎么说呢？田姨都有些受屈抑的意思了。有几回，在街上和田姨遇着，田姨眼睛里露出热切的光芒，拉着她们的手，让她们去家里。她们坚持了几个回合，田姨就放弃了。然后，田姨就会絮叨，小杜如何掉脸子给她看，又如何役使海林，尤其怀了身孕后，连油瓶倒了都不扶。总之，是所有婆婆对所有媳妇的不满。事实上，海林和小杜，就和所有的夫妇一样，有龃龉，有恩爱地生活着。不久，就生了一个男孩。

海林是独生子，生下男孩就分外令人高兴。田姨特别让海林去临淮关接来小杜母亲，伺候小杜坐月子。在田姨这样一个做惯干部，又是领导家属的婆婆，能有此人之常情，使小杜母女都很感动。小杜母亲一辈子没出过远门，谈不上有什么眼界，可街坊巷里也是世道人间，所以算是个有见识的女人，再加生性诚挚，待人接物就要比小杜从容，与田姨相处得颇为融洽。

海林也很尊敬她，副县长原本不多话，可对亲家母所述民情，却有兴趣听和问。有母亲在场，小杜不得不随和些，一个月圆满地过去。之后，小杜和田姨也较从前协调。这个孩子，真有些像和合二仙中的一仙，给这家庭带来瑞祥的空气。当孩子长到三四个月时，却发现脖子有些拧，就是说，头转向东时，脸却向西，医生诊出是“先天性斜颈”。小杜的母亲来信说这无要紧，不是向西斜吗？那么吃奶时就头向东喂那边的奶，小嘴要够奶头，一够两够就够过来了。小杜母亲孩子多，民俗里又自有一套生养的道理，说的话自然叫人宽心。可这是全家的宝贝，不免就会过度紧张。副县长家的孩子呢，医院里也不敢把话说轻，提出可手术矫正，但要上大医院去做。于是便商议着去蚌埠还是去合肥。田姨一拍腿，何不去上海呢！上海那几家得知消息后，都表示欢迎，并且分摊了任务，一家管吃管住，一家管联络医院，还有一家专管游玩。就这样，海林和小杜分别向各自部门请准假，带了孩子和一堆土产上轮渡，在临淮关搭车，直往上海。

他们所住的那一家位于著名的南京路后面，一条庞大的弄堂内。这家的居所相当局促，是在三楼占了一东一西两个小间，中间并排两间向南大间是别人家住。最初时候也不知如何分割的，东屋左手有一间带浴缸的厕所，倒是住小间的专用。而在小杜和海林看来，是很奇怪的，厨房也设在里面。放煤气灶具的台子几乎顶到抽水马桶跟前，以至于如厕时只得侧过膝盖。浴缸显然并不经常用于洗澡，因为水龙头里没有热水，却是横头架了木板，放置锅盆杂物。这家上海人待他们很是诚心，专腾出东边的一间供他们住，即便是他们独占一间，也挤得很。床是一张沙发床，本来就软，底下的弹簧大约坏了不少，就陷成一个凹地，他们三口人，就都窝成一团。沙发床以外是一具柜子，一摞樟木箱，一个茶几。他们这已经嫌挤得伸不开脚，就更不能理解这家一对夫妇带一双读中学和小学的儿女，如何在那一间同样面积的西屋里安身，还要放一张方桌供大家吃饭用。无论是东屋还是西屋，或者厕所兼厨房，推开窗，几乎一臂之遥，就是对面人家。所以，就有竹竿搭在两边的窗台上，晾晒衣物，其中包括女人的裤衩和乳罩，令海林和小杜都觉难堪。虽然他们家的孩子是投奔海林家的，因而他们是感恩戴德地待海林和小杜，但到了人家家里，究竟是要迁就人家，洗涮和如厕需避让着进行，因打扰了别人也必说几句奉迎的话，总之是收缩着做人。海林是从小受人服务惯了的，并不是放纵的性子，只是没受过拘束，就有着一副坦然自在的神情，如今，也多少是不安的了。他显得格外的兴致高，对什么都很好奇，很赞扬，无论是大人还是孩子，他都积极招呼，热烈地聊着天。小杜看着他都觉着陌生，而且嫌烦，她不知道，其实这种造作出的好心情完全是出于不知所措。相形之下，小杜就比较坚持个性了。她一如往常的矜持，但因是在客边，面对主人的盛情，这就显得有点冷漠了。人家夸奖她的好看，孩子的乖巧，她都不动声色。问她话，她一般也要延半拍再作答，热情的海林就赶着替她回应，看上去，她更像是对别人不理睬。在这拥簇的环境下，人本来就受辖制了，还要应付别人，两人再不合作，彼此就有些起恨意。等到晚上，关上房门，终于松弛下来，小杜就想发作，可是一回眸，看见海林的脸色，心却软了。海林变得委顿，眼光里有一种告饶般的怯意，想看她，又不敢，眼睛就躲闪着。

看病的事情也不顺利，本来是为释解疑虑的，结果越看越上心事。看的医院多，说法就多，病情解释得详细，也就变得可怕。有的说是“胸锁乳突肌发生纤维性挛缩”，有的说是肌肉缺血，又有的说是颈椎骨结核，还有问出生后是不是在颈侧有肿块。他们被一家医院劝说得下决心手术了，再听手术原理，是将胸锁乳突肌在胸骨或锁骨上的止端切断，就又犹豫起来。然而医生则紧逼道：必须及早手术，倘过了五六岁，斜颈虽可矫正，斜颈形成的面部不对称却不能完全恢复了。他们为难得不知怎么办才好，回到所住的人家中，小杜只顾抱着孩子坐在房里发愁，已完全不管应酬主人的客套。这家人早就从自己女儿那里听说小杜的做派，心里已经存有成见，但也没想到她倨傲如此，背地里只说是看海林及海林父母的面子，骂她“小人得志”，面上依然客客气气。而小杜却是无时无处不感觉到他们对她的蔑视，不仅是他们对她，还是包括他们邻里在内的上海人对他们一家的蔑视。他家小孩子和弄堂里人，都喊他们孩子“小安徽”。这家的母亲，长相漂亮得不合乎她的年龄，也不合乎她所居住的窘迫。她向小杜教授许多育儿方法，每一次教授，开头总是：我们上海人，接下去再如何如何。令小杜好气又好笑的是他们自己局促如此，可一旦听海林描绘他们所住的平房院落时，他们竟是同情道：哦，原来是像庙一样的。

看病之余，他们也由主人陪同去游玩，因为无心情，看来看去只看到人多。城隍庙豫园人多，淮海路南京路人多，黄浦江外滩也是人多。走在街上，心情到底是要敞亮些，看看橱窗里的摆设，梧桐树后的洋房，或者只是街上行走的年轻姑娘，也觉得是好，可是与他们有什么关系？他们心里只有孩子的病，还有，寄人篱下的这一天天的日子如何打发。连那婴儿都不如先前活泼了。这天下午，主人家的父亲从单位里领来两张电影票，一家人都主张他们去看电影，孩子放在家里午睡。其实，多少有一点将他们支走的缘故，主人家也想放松一下。终日与两位客人相守，双方都感疲惫。出于同样的原因，两人去了电影院，黑洞洞的电影院里，两人互相也看不清脸，望着前方的银幕，并不在意上面活动些什么，竟都睡着了。一时睡，一时醒，电影就放完了。走出影院，天已向晚，街上行人匆匆，他们一路无话，只觉有无限的心灰意懒。赶到家中，孩子已睡醒，正抱在那家小女儿的手中，桌上的饭菜也摆好了，就等他们来到。照理说这是温馨的一幕，可却加重了他们的倦意。吃饭时，主人自然要问电影好不好看，演些什么内容，小杜一句不答，全是海林说话。最后小杜放下碗要离桌，主人又劝她添饭，小杜是没听见还是懒得回答，一声不出转头料理孩子去了。一时就有些冷场，海林说了声：别管她！算过去了。晚上，海林回到房内，忍不住说小杜一句：你可不可以对人家礼貌一点。小杜并不回嘴，将哄睡的孩子往沙发床中间一放，站起身就推开房门走出去。海林不敢大声喊她，只得跟在身后下了楼去。楼梯极窄，需侧着脚小心地一级一级下，此时两人都急着下，任鞋后跟撞在楼梯板上，砰砰地响。于是，楼里人都知道他们出去了，推开窗户往弄底看。

小杜走得很急，一眨眼就转过横弄。弄内又没灯，海林赶出横弄口，不晓得她是往直弄的哪一头去，因这是一条两头通的弄堂。他朝这头跑跑，看不见小杜，又朝那边跑跑，还是看不见小杜。于是就失了方寸，干脆乱走起来。这时候的马路很清寂，路灯亮着，将柏油路面照得发亮，两边的楼房变成幢幢黑影，比实际的体积显得更为巨大。海林走在底下，心里有一股悲哀。这是个头脑简单的人，又向来顺遂，本来是没有多少内心活动的，此时却因处境使然，心情变得复杂了。他在这陌生的巨大的城市暗影里急急行走，不晓得要去哪里，只觉得这些暗影就像铜墙铁壁，撞不开一条缝来。他不晓得走了有多久，又有多远，只觉得马路上又清寂了一些，因此也开阔了一些。由于这一气急走，情绪略微平定，这时，他看见前方树影下有一个人，是小杜。他走过去拉她，她挣脱了，往一条弄里跑去，他则跟去，不想这是一条死弄，在弄底他捉住了小杜。弄底是一面高墙，墙那边不知是学校还是机关的操场，老远才有一排绰约的楼房，隔墙立了一根高高的灯柱，亮着灯。灯光下，海林看见小杜在哭，自己也想哭，却哭不出来，就将头抵在墙上，看起来，就像一条受伤的大狗。小杜收起泪，抬手抚了海林的背。两人忽有些相濡以沫的感情，这是自认识以来从未有过的。像他们这样，在内省的小城镇长大，生活很单纯，内心其实是娇嫩的，这个城市对于他们太过剽悍了，他们都受了伤。

这晚过去两日，他们就带孩子回了家。没和那边的父母商量，自己决定停止求医。小杜就按母亲教的方法，喂奶时专喂那一个奶，让婴儿使劲朝这边够。他们也不去在意孩子的斜颈，由他长去罢了。孩子长到三岁才彻底断奶，这时才发觉已无半点斜颈的痕迹，关于斜颈的所有担忧和折磨，也消退很远，想起来淡漠得很。倒是小杜的乳房，由于总是吸吮一边，就左右大小不一，不那么匀称了。断奶后不久，小杜就怀了第二个孩子。其时，县城里的上海知青陆续回了上海，或者去了蚌埠、合肥稍大些的城市，有那么几个终于走不了的安下家来，如同消失一样，不再看见他们个性鲜明的身影。码头变得安静，不再如潮水一样，一股一股地涌出外乡人。正午寂静的一刻，沿了淮河，几乎听得见临淮关的起锚声，然后汽笛鸣叫着，向着上游，或是下游，驶过去了。

厨 房

我还记得那间厨房里的地板，这是整幢房子里最肥沃的地方。奇怪的是，应该肥沃的，房子前面，朝南的小院子却是枯瘦的。灰白的地皮，掘不到两公分，就是破砖烂瓦碎石头，它们拱着地皮，使得嶙峋不平。除了一些车前籽和狗尾巴草，它再长不出什么。昆虫呢，只有一种，瓦灰色的干瘪的西瓜虫。小院子反是这里最贫瘠的地方。而厨房，却很丰饶。地板最初一定是上过漆色的，此时全叫油腻糊住。要是几家合力用碱水刷洗过，它暂时地呈现出一种惨白，结果是，更深而彻底地吸进油腻。再刷碱水，再吸油腻，这就合了油漆的原理和工序，地板完全成了油腻的颜色，一种肥沃的灰黑，它简直要长出东西来了！它果然是长出了些东西。在墙根——假如能够挪开煤气灶、菜橱、桌子，以及瓶瓶罐罐，露出墙根，就可看见那里长着一种黑色的植物，它的名字叫作“霉”。这里的动物品种就多了，老鼠、蟑螂、壁虎、蜘蛛、蚰蜒、蚂蚁，也有西瓜虫，但这里的西瓜虫比前面院子里的要肥硕和丰润，它们湿漉漉的；有不定期来到的猫，那都是野猫，过着居无定所的生活，时而来，时而走；还有人看见过一只黄鼠狼，神秘地露了一下面，就再看不见了。厨房就像一个动物园。它们彼此相尅，比如猫吃老鼠，壁虎和蜘蛛吃虫子，可这就是生物链啊！总的来说，厨房里的生态十分活跃。在某个季节，气候特别干爽，空气又十分明澈，午后三时左右，太阳从后门照进厨房，这一刻，厨房里往往没有人。烧晚饭的时候没到，小孩子又没有放学，阳光一下子将厨房照亮。地板呈现出一种油色，黄蜡蜡的，缝是油黑的，地板面上的木纹和裂隙也是油黑，上面有一只三条腿的板凳，是本木的白。厨房突然鲜丽起来，几乎是夺目的。光线稍一转移，那些爽利的线条和块面又毛出一层绒头，变得有些绰约，因而生动起来。然后，噪声起来。

我再也无从知道那个奶妈是何方人氏，姓甚名谁，即使在小孩子的年龄来看，她也是年轻的。她身个结实匀称，面色红润，梳一对黑亮亮的辫子，直垂到腰间。她的衣裤是一种鲜艳的毛蓝，搭襻布鞋。除了奶那个女婴，她还要搭伴着做一些杂事。我总是看见她背着门，面朝里，在砧板上切菜。无论切什么，她都会从刀下拾起一块填进嘴里，同时回身张望一眼，是以为有人看她吗？这种习惯不知源于怎么样的生活经历，也无从考起了。她所哺乳的那个女婴通常是睡在一个木头小床，四面围着栅栏的小床被她挟在胳膊底下，随身带着。下午，小孩子们都放学回家，拥塞在弄堂里的时候，她就将小床停放在后门口，自然就会有小孩子过来看她，逗她，甚至大胆地将她抱出木床，走来走去。就好像是一个换工，她借给全弄堂的小孩子一个大玩具，全弄堂的孩子则负起照护女婴的责任。免不了会有摔着女婴的，婴儿没怎么哭，那孩子先吓得哭起来。其实没有人会责备她，或是他，在多子女的年代里，孩子都是这么摔摔掼掼长起来的。

是记忆模糊了，还是事实如此，那奶妈在印象中是颀颟的。时间久远的人和事都有一种颀颟的表情，就像从旧胶片上放映出来的老电影，反应迟钝，有个时间差。那奶妈拥着女婴而坐，听凭她拱着她的乳房吸吮奶水。看不出来她对这女婴的态度，是有些亲，还是相反，憎恨她吸去了本该是她孩子的奶水。但她显然不会是有着强烈感情的女人，她只是年轻，这样的年轻，身心里总会积蓄和汹涌着一种能量，这就使她的沉默有了重力。担任这家主要家务，包括监管她的，是女婴的祖母。照理已经是多年媳妇熬成婆的年纪了，可是上面的婆婆还健在，媳妇们呢，都是现代的独立的女性，有自己的收入，所以，这祖母就一直屈抑着，也是沉默的。但这祖母却有着意想不到的幽默感，这表现在，当人们说话时，她往往适时发出会心的微笑。这微笑流露出的还不止是幽默，还有一种秉性，敦厚的秉性，这让她能够消受别人的智慧。她说是东家，实际要比奶妈辛苦，买菜，收拾，烧饭，洗衣，而奶妈大部分时间是坐着，哺乳怀里的女婴。等家务暂告段落，有一时的空闲，祖母也终于坐定下来，就坐在奶妈身边。她的神情，即便隔了岁月，依然是比奶妈灵敏，灵敏于各种感受，这是由阅历决定的。于是，她的身型就有了些微的轮廓，破开岁月的氤氲。而奶妈是一片空洞，这空洞将在某个时候变得深邃，以后会谈到这一点。

这一老一少，一主一仆并排坐在小凳子上，听谁说话呢？听那个帮佣的女人说话。这个女人是厨房里的精英，她只要开言，大人小孩必听无疑。从现在往那时候推溯，她其实还不到三十，至多三十，可在那个时代，却是一个成熟的年龄。她的见识呀，简直丰富得没法说，虽然一点也无从考证，可就她说话的威仪来看，没什么可说的！她的脸很清晰，在整个混沌的景象中，唯有这张脸，是以肯定的线条勾勒的，也因此变得平面，而其他的印象倒是有一些立体的效果，比如奶妈，因为有影调。也因为此，她变得尖锐了。她的眼睛，有着明显的双睑，鼻子有些窄，鼻梁这里因为常常是收紧的，就有了一道竖纹，嘴唇是单薄的，因而使笔触更加锋利。她单身未婚，对于一个帮佣的人，这似乎有些过于摩登了，可是在她，这又理所当然，有哪个男人敢娶她呢！在她们的阶层里，那种传统的婚配，不外是乡下老家的男人，或者杨树浦的也是同乡人的工人，显然不适合她。那么，找一个职员，可是谁听说过职员的太太是帮佣的？于是，不结婚也罢。由于是她，完全有权利过这么一种特殊的人生。她所服侍的东家是一对没有儿女的夫妇，这就像配好了的，她也不必和小孩子交道。小孩子总是不洁的，屎啊尿啊，还有乳臭啊！就像那个奶妈，她的身上永远散发出这些气味，而这个女人，冰清玉洁。她的用物，我说是“她”的用物，而不是她东家的，都是单独分出来。碗是镶金边的，筷子镶的是银箔。她是怀着怎样的心情积攒起她的财物，在这拥挤、油腻，而且嘈杂的厨房里，要收藏它们，不那么容易。它们实在太精致了，而公用厨房是粗粝的，什么事没有，地板上翘起来的铁钉子都会绊你一个大跟头，就像地里的老树根。她的碗具上的金边银片，还有温润的细瓷，波光粼粼穿行在时间的黑暗隧道。

因为她，这间厨房里会有一些贵客造访，那多是隔壁门牌号码里的主妇，总是向她请教某种菜肴如何制作，某种衣物如何洗涤，甚至于，还有一个主妇，很信任地将小孩子交到她手里，请她刮痧。要知道，她其实并没有生养孩子的经验，大概唯其因此，才下得了手。只见她将小孩子翻倒，挂在膝上，这时，不易觉察地，她的身子向后仰了仰，为了避开小孩子身上汗、尿、乳，还有眼泪交织成又发了酵的酸臭味。然后，她很镇定地将一枚分币在一碗水里蘸蘸，就像刮鱼鳞一般在小孩子的背上刮去。由这些交道生出了交情，邻家主妇们就有时候并不为什么事，而是专门过来与她闲话。她们使这间厨房蓬荜生辉。

完全是与她相对而设地，厨房里另一位成员，也是帮佣的女人，质地特别柔软。你甚至会惊异，这样柔软的质地如何还能在这一片混沌中占位，似乎轮廓的每一条边线都有危险被吞噬淹没，而它却依然存在着。这说明它的韧劲，颇有弹性。这是以圆为单位而组合的占位，有些像太极，含而不露，用的是内功。她是记忆中最昏晦的一块，许多暧昧从她这里生出。她从很年轻的时候就守寡，已经度过长久的没有男人的日子，可是奇怪的是，她比那个年轻健硕，奶汁像是从熟透的浆果里迸流着的奶妈，更具有情欲的气息，这也就是暧昧所在。这柔软的质地同时还是湿润的，就有些幽微的光悄然挥洒出来，这里亮一点，那里亮一点。她在厨房所占据的位置是后窗侧边，后窗底下是一具水斗，光线就斜着照亮了她的侧面。由于窗玻璃上蒙了油垢，像结了一层乳胶般的霜，光就也是暧昧的。这一个存在于记忆中的位置最微妙了，它不像那一个精英女佣的清晰和锐利，它浑圆的形状很容易和周边环境混为一谈，于是就有了一种游动的不确定的性质，可它就是不消失。很像是水银，打散了，碎成齑粉，一旦聚拢一起，又是完整的一颗，一丁点不缺。那精英女佣是焊得很牢的一个整体，这却是由细枝末节合成，就变得很是黏腻缠绵。

方才说的，厨房里露过一回面的黄鼠狼，就是被她看见。她大惊失色，随后流下眼泪。在她们的乡俗看来，黄鼠狼是不吉祥的动物，谁看见谁就遭厄运。所以，她不让人们提起她看见黄鼠狼这件事。可偏偏有些调皮的孩子，冷不防冲她喊一声“黄鼠狼来了”，她愠怒的表情并不让人骇怕，这就是她和那一位帮佣的女人不同之处，那一位不怒而威。小孩子其实对事物的质地最了解，他们代表人类的本能，所以他们就选中这一个来欺负。小孩子并没被她吓退，继续玩着这个残酷的游戏，还扮演着黄鼠狼从她跟前蹿过，这一回喊的是“我是黄鼠狼”！结果，她笑了。她的笑，不是像那位女婴的祖母，出于幽默感和谦逊，而是好脾气，甚至是有一些轻浮的脾性，这使她的原则性受了损。她的这种质地就是好变通，因为密度不够。关于黄鼠狼的信仰就这么瓦解了。尽管她没有将她的有神论贯彻到底，可她的宿命感依然笼罩了这一间厨房。我为什么要强调这一间厨房，那是因为，在厨房的前面，还有楼上，各个居室里，过着和社会主流世界观相合的生活，就像是社会的正面。而厨房，则是在社会的边缘，甚至有一些负面的意思，这里流淌着思想的暗流。谈到宿命论，就要扯出这幢房子之外的一个女人，一个老女人，她有时候会来到我们的厨房。

我们的厨房是敞开的，任何人都可以进来，这也是和正式居室不同的地方。每一种制度，无论多么严密都会有疏漏的空隙，厨房就是这样的空隙。这老女人不晓得住在哪一幢房子里，她可能都不是我们弄堂里的人，而来自另一条弄堂。也不知道她是怎么摸到了我们这里，因她来到这里并不是专对着某一个人，好像她看中的就是我们这个地方。她每一次来，总是坐在一张小矮凳上。这张小矮凳的榫松动了，一不小心就会夹了肉，我们就管它叫“夹屁股矮凳”。这里的物件都有名字，另一张板凳叫“阿跷”，因为只有三条腿。相反，人倒未必有名字了，小孩子往往叫“阿大”“阿二”“阿三”，这么依次排下去，奶妈就叫奶妈，保姆则是“三号阿姨”“二楼阿姨”“小花园阿姨”，以所服务的东家的居住地为标号。这从某种程度上体现了厨房里的自然观，世上万物，都是有生命的，生命都是平等的。

老女人坐在“夹屁股矮凳”上，身子就靠着门，这扇门就和地板一样破损和油腻，我不记得它曾经关上过，它总是推到墙上，敞开着。老女人就像瘫倒似的靠着门，身子还在继续往下滑，终于奇迹般地没有滑到地板上。她抱怨她每天夜里听到鬼叫，鬼叫扰得她一夜无眠。这话说得无比森然，忌讳黄鼠狼的女人同样忌讳这老女人，每一回她离去，都要在她身后吐唾沫，说她带来了死气——这就对了，我为什么怀疑她来自另一条弄堂，那就是她携带的气息不是我们弄堂的气息，别看我们的厨房有着阴晦的气氛，可这是朗朗乾坤里的阴晦，就像光投下来的同时也投下了影子。虽然如此忌讳老女人，但当老女人再度来到时，厨房的门还是向她敞开，那宿命的女人依然是听众之一，她照例不能将原则贯彻到底。

老女人来到的时候，最兴奋的是小孩子。我们挤作一团，听她描绘鬼叫。女人们想将我们驱赶出去，因为小孩子耳朵干净，最听不得这种事情。可是，她们赶不走我们，我们坚决不被赶走。赶不走的另一个原因是，我们都怕走过老女人身边，而她就坐在门口。我们爱听她的鬼话，却惧怕走近她，在我们看来，她和那打扰她的鬼，就是一家人。倘若我们没听懂她的话，她的口音很古怪，又总是连哭带诉，我们向大人们要求证实，鬼叫究竟是如何叫法，那么，所有的人，勿管有神论无神论全都变了脸，斥道：谁听见鬼叫了？谁听见鬼叫谁就要死！老女人不知道什么时候不再来了，可是，也没有她的死讯传来。对于这个人，厨房的全体人员都噤声不提，她就此退出了厨房的社交圈。

这些阴惨的色彩，并没有使厨房变得恐怖，相反，它在某一方面，更加强了凝聚力。因为神秘、未可知、惊惧而越团越紧，身体挤着身体，由此产生出一股子相濡以沫的气氛，增添了这里的温湿度。这种温湿度特别适合小的物种，一些渺小的情感也在这里滋生滋长着。比如说，受委屈的小孩子通常是在这里哭泣。与兄弟口角，受了母亲的责打，或是弄堂里遭到欺压——弄堂是个强食弱肉的社会，再有，同学间的诬陷和背叛，等等，诸如此类的冤情，翻是翻不过来了，总要有个地方诉说吧！那么，就到这里来！这里的人阅历都很深，而且是在最底层，用她们的眼睛看，那么点芝麻绿豆，算得上什么呢？哭一会儿，再重整旗鼓，回到弄堂，学校，抑或同胞兄弟的社会里，人生总是要面对的。吃偏食和私食也是在这里，多子女的家庭，爱是有偏颇的，要是在主仆之间，这却是类似私情一般了。人总是有偏疼的一个，那么就叫到厨房来，从碗橱的角落里，拿出私藏下的半只咸蛋，两片夹心肉，一个鸡腿，或者面糊里调了白糖，用肥肉膘开一只油锅，煎一张甜饼。此时此刻，声音和动作都是细小而且轻悄的，蹑着手脚，以防被家中其他孩子看见。在这机密的气氛里，生出贴己之心。一大一小，一个坐，一个立，也不说什么，偶尔对一下眼睛，便有无限的柔情交流。小孩子不被首肯的宾客也是在这里接待，这里纲纪松懈，小孩子倒有了人权。他们谈一些玻璃弹子或者香烟刮片的交易；磋商玩意儿的技艺；搬弄口舌——上海弄堂里的流言实在是从嫩到熟，从熟到衰，收割后的老茬子地里再播下种，这时节，还是些流言的芽儿呢！他们挤在这里，也不怕炒锅里溅出来的油花烫了，水斗底下的积水湿了鞋，女人们则将他们驱来赶去。就像动物趋光趋热的本能，暮色降临，他们还不想分手，弄堂里暗沉沉的，他们便奔这里来了。这一盏蒙了灰和油腻的电灯，投下的光，简直就是人间的暖意，藏污纳垢，却结结实实。这些小萝卜头。小小的，薄薄的，几乎透得光，就像皮影戏里驴皮做的人儿，交互错综，一会儿叠起，一会儿散开。

有多少小孩子从这里流淌过去，留下凸凸凹凹的印记，然后又弥合起来。这些小巧玲珑的凹痕，以及迅速的弥合，使空间呈现出活跃变化的形态。他们的小身子和小悲欢，虽然是小小的体积，分量又轻，可是具有穿透力，或者说渗透力，从漫漫时光滴漏进来，给记忆镀上亮闪闪的斑点。他们的正史都记录在前面的和爸爸妈妈共处的居室里，还有弄口的小学校，在这背阴的脱离了社会辖制的厨房里，写下的是野史，逸闻轶事，不上台面，可是谁知道呢？也许这也是重要的，那些杂七杂八的怪力乱神的鬼话，那些伤心的泪水，鬼鬼祟祟吃到嘴里的偏食，也是一种知识呢，填补着正统教育的盲区。每一个时代里的正统都有着它的狭隘性，需要一些旁门左道开拓视野。

从这里走过的孩子形形色色，来自社会各阶层。有一些穿着体面，肤如凝脂，根本和这厨房的环境不合契，可他们也来到这里。另一个极端是，破衣烂衫，面露菜瓜色，眼睛躲避着灶上锅里的吃食，是为抗拒诱惑，和这厨房也不大合契。他们带来了平等的色彩，使这厨房变成大同世界。事实上，厨房是一个中等社会，它的生活水准是温饱略有剩余。小孩子没什么绝色的，但总归平头整脸；衣着平庸，尚可算得上整齐；吃的呢，绝不会饿着，只是有些馋；家里有些规矩，却还不至于完全丧失自由。他们，就是厨房的小主人。

那个宁波籍的小男孩子，他的橄榄形的头颅，时常拓开着记忆的空间，出自老练的手笔，凌空一划，再一收。这种头形是经过多少千年的进化，就像是一种美丽的陶罐，记录了人类文明的历史。他是一个有历史感的小男孩子，他的头形，口音，还有衣服上时常散发出的某一种食物的气味，都透露出悠久的遗传。他有着非凡的机智，他机敏得呀，不像人，而像一种动物，不同的是，这机敏于他是表现在语言上，这就是文明了。他能够立刻抓住对方说话里的漏洞，作出反应，称得上“静若处子，动若脱兔”。我们每个人，都逃不过他的洞察，然后被他的语言剥开伪装——假如说小孩子也有伪装的话。像他这样，乳臭未干，并没经什么世事，只能用天赋来解释，而天赋其实是历史的积淀。他的手，那纤长的十指，也是文明进化的果实，制作起游戏的工具，简直就是天工开物，弹弓，弹丸，三角和四角的刮片，蝈蝈笼，铁环，俗称“贱骨头”的陀螺。这双手对小动物的爱抚也很温柔，我说的小动物就是厨房地板缝里的那些居民，虫子啊什么的，还有来去不定的野猫。他的手在野猫的胸脯上轻轻挠一挠，对生灵很有经验的样子。和他的温柔成为匹对的是他有同等程度的残酷，他生生把一条蚯蚓掐成两段，放在手掌心上看它们各自扭动，变成两条蚯蚓。西瓜虫也是生生地掰开来，看它小小的白肚腹里有什么。这温柔和残酷也来自原始遗传，都可追溯到上古，物种之间有着另一种强弱优劣的排序，经过漫长的演变，一种胜出的生物与一种败出的生物又一次邂逅，彼此认不得对方，又觉似曾相识。这是小孩子中的历史动物，还有一类完全没有历史的产物，那就是我。

回望过去，我几乎看不见自己的面目，这就是没有来历的人的浅近的性质，还没有脱离主观性，成为客观的存在。不像那男孩，他的存在不可置疑，一下子楔进记忆之中，拔也拔不出来。我的印记是游离的，一会儿浮现出来，一会儿泯灭在混沌里。我还来不及凿开时间隧道，于是就无法在空间里伫留，这就是时间和空间相互的依附作用。具体到现场，我好像是被那历史男孩一口一口吞噬的，他无情地讥诮我的口音，这是一种没有乡音的口音。我从小说普通话，一种基于北方语系，然后由政治生活再造，为适合传播删节与简化韵和声的语言。为了学习上海话，我又损失了普通话的标准，屡次在上海话那个短促的入声上绊倒，终于生出口吃的毛病。然后我又在厨房这个五方杂居的地方吸纳各地乡音，帮佣女人的扬州话，无锡话，奶妈的不知什么地方的话，甚至包括那男孩的宁波话，我吸纳的都是各路乡音的糟粕，因为我根本不懂得什么是好话，什么是孬话。不纯良的语言，就成了我这个新移民的羞耻的徽记。作为一个小孩子，我最大的缺陷是玩不来弄堂游戏，造房子，跳皮筋，捉人，“老狼老狼几点了”……全是以优胜劣汰的方式进行，我一上来就出局，只得站在一边看，然后回到厨房待着。所以，厨房里也染了小孩子我的寂寞，还有屈辱。这屈辱也是他，历史男孩给予的，他取笑我的挫折，我的挫折作了他的笑料。我的悲伤，滴水穿岩一般从时光里渗漏过来，转眼间消除了痕迹。没有历史的拖尾，它转瞬即逝。我只得依靠一种媒介，文字，来辅助它留下印记，让主观变成客观。

在历史男孩和我中间，还有一个过渡性的人物，我称之为近代女孩。她的形态比我们俩都光鲜，这就是这城市的近代色彩。她不像男孩那么枝蔓繁多，牵丝攀藤，也不像我，单薄，孱弱，而且形状不定，一切有待塑造；她线条流利，表面光洁，附着一些织物，犹如蝉翼，从她轮廓周边派生出来。她比我和男孩更物质化，这些物质性的因素帮助撑开了空间，使她获得可观的占位。于是，她的人，包括肉身，都有了另一种工业化材质的质地，哪一种材质？珐琅瓷，发出人工的光泽。是记忆上的一片螺钿，打磨得光滑透亮。她也是游戏高手，她的游戏是另一路的，不像历史男孩那么具有草根气，而是带了都会的声色，所以叫她近代女孩嘛！比如，挑十字绣，在一块网格细麻纱上，穿了花线的针在每四个一组的格子里对挑一个十字，一个十字又一个十字组成图案。她煞有介事地一针一针挑着，就像一个淑女，一个住在租界上，因为身处异族人中缺少婚姻机会，贻误了青春的外国淑女。她的玩意儿也带着工业革命的空气，比如双股的牛皮筋上，穿着一列机制线团的木头线轴，可以增添牛皮筋的弹性，随着双脚的舞蹈上下翻飞。再则，她会唱“小弟弟小妹妹让开点，敲碎了玻璃老价钿”……幸好有了她，我和男孩才不至于出现断裂，而是有了衔接。我们三个人，接成了历史的链条，就像小女孩子用树叶的茎给自己做的项链——我们将一片树叶，捋得只剩下一条茎，然后万般小心地折成一小段，一小段，段和段之间由拉出的细丝串着，如同蛛丝，在空中摇曳，一不小心就断了。这就是我们身上的历史痕迹。

在我们三个之外，自然还有许多其他的小孩，也穿行在厨房里，可是由于缺少主要事迹，多少是模糊了，成为记忆的碎屑，弥漫在空气里，改变着光影和色彩。所以，他们的存在也是必要的。其实他们也并不是那么没性格，只是被我们这三个遮蔽了。他们不像我们三个那么有涵义，这涵义在当时不觉得，走过了漫长的时间，渐渐地凸现起来，这是记忆的选择。当然不那么公平，可是就像常言道：历史是胜利者的历史，记忆也是，谁的记忆谁有发言权，谁让是我来记忆这一切呢？那些沙粒似的小孩子，他们的形状只得湮灭在大人物的阴影之下了。可他们还是摇曳着气流，在某种程度上，修改与描画着他人记忆的图景。

而我必须要说一说那两个小孩子，一个是姐姐，一个是弟弟。他们是某一家的小客人，时常前来造访，而我们彼此都没有留心对方。当时间进行到某一个点上，也就是通常说的契机的意思，我们和他们忽然地彼此注意。是一个寒假，天气阴冷，已经不适合做弄堂里的游戏，我们都蜷缩在厨房里。朝北的厨房，又潮湿，谈不上有多少暖和，可是认识新朋友使彼此激动，亲密的感情一分钟一分钟地递进着。转眼过了中午，主人家留了饭，又过了下午，主人家也留了饭，夜晚降临，主人家继而留了宿。第二天，众人又在厨房聚首。只有公用厨房，我们这些来自各个家庭的小孩子才可以聚会。来自另外的街区，另外的学校，以及另外的不为我们熟悉的生活里的孩子，他们，严格地说，只是他们中的一个，那个姐姐，她身上异样的气质，强烈地吸引了我们。我们眼界很窄，没什么见识，他们，或者说是她，是我们从未接触过的一种类型。

我应该把她放在哪一个历史阶段上呢？上古，近代，或者如我，来不及创造历史。好像都不对，都不适合她，她兀自立于历史之外。也许，原因只是，她不属于我所认识的历史，而是来自另一个历史。每一个街区，每一种生活，甚至每一种房子的结构里，都有着自己的完整的历史，每一种历史的体现都不相同，各有各的生动性。她也是有光泽的，但不是珐琅瓷，而是真正的贝类。真正的贝类在于它其实不像人工打磨的那么有亮度，也不够鲜丽，而是有一些暗。但组织密度更高，于是有了深度和厚度。她就是这么样散发着幽暗的光，这光仿佛来自一个活跃的源头，使她有一种流动的性质。她就像舟筏，被记忆载着，穿越时光而来。

她习惯用一块头巾裹着头，头巾沿了发际向两边去，在下颌交叉，再绕到颈后，打一个结实的活结。透过围巾的形状，可看出她纤巧的头颅，头颅上梳得很光的头发和编得很紧的发辫。她就这样裹着头巾，手插在棉袄口袋里。她的裹在红格子棉袄里的身子，骨骼匀称。她直直地站在我们中间，与我们说话。她的脸色和身姿，一点没有寒冷的样子，不像她的弟弟，嘴唇青白，瑟缩在煤气灶旁边。倘若煤气灶上正好在烧煮东西，他就将手伸过去取暖，很快又被燎着，赶紧缩一下。这是一个孱弱的男孩，她却很健康，不仅她不感到冷，而且令别人也热烘烘的。这是一种格外结实的体质，内分泌平衡。我们热情地看着她，怀着欣赏和羡慕，不放过她的一举一动。而且很奇怪的，我们女孩比他们男孩更受她的吸引，在这个年龄阶段，女性气质更为同性所敏感，男孩还没有开蒙呢！

一天过去了，我们还不想放她走，又过了一天，下一天，依然没走。显然她在我们中间也如鱼得水，脸色越来越红润，神气越来越飞扬。在此同时，她的弟弟却日益萎缩，苍白和虚弱。他就像一个雪人，在炉火边上消融下去，他的人都小了一圈。主人家终于发出逐客令，女孩子只当耳旁风，她的镇定也是少见的。就在此时，寒流来临，风在弄堂里激荡，爆冷使我们更加兴奋，好像有什么不平凡的事情要发生了，连她弟弟的眼睑下面也生出红晕，渐渐蔓延了整个脸颊。最后，事情的结束是，姐弟俩的父母来到，将他们带走了。此时，弟弟已在高热中，其实他从一开始就病了，却没有人发觉，注意力都在姐姐身上。在魅力四射的姐姐的阴影下生活，他必须要有隐忍的性格。谁知道呢，在他弱小的身体里，正进行着一场什么样的抵抗。他几乎要消失了踪迹，他无声无息的，没有一点响动，要不是后来发生的事情，他就算完全地退出记忆。后来发生的事情是，他死了，不是在这一场病中，也不是在他身历的无数病中，这一个多病的孩子，很平静地死于无病无灾之中。儿童猝死至今还是一个谜，没有谜底。他的死，在人们的记忆中砸开一个窟窿，边缘迸裂，犹如金石相撞。

这是小孩子里的死者，大人呢？你们不会猜到，大人中的死者是那个最年轻结实的奶妈。颀颟的她，就这样夯进记忆，形成一个凹坑。这就是死亡的永恒性，死者就此停滞在时光中，占领了空间。要是依那帮佣的女人的宿命论来说，厨房这地方不干净，出现过黄鼠狼，还有老女人来抱怨鬼叫扰了她睡眠。然而，这又说明厨房是有渊源的地方。有渊源的地方，总是生生息息，于是，万象罗生。所以，我说它肥沃，那油腻泡软了的地板，什么长不出来！

有几次，房管所木工来修地板，他们拆去腐朽的木板，钻进地板下面，敲打修理龙骨。里面黑沉沉的，堆积着漏进地板缝的陈年旧物，筷子，勺子，发卡，顶针，肥皂头，白菜头，肉骨头，这就是厨房的地质层。再后来，连龙骨也朽烂了，房管所彻底拆除地板，推来碎石，铺上了水泥。厨房里的木质的膏腴的霉气味换上了水泥的凉森气。别小看气味了，气味改变了这间厨房的属性，它不再是柔软的肉感的属性，而是冷和硬。这就像是一种蜕，从此，小孩子都长大。大人呢，趋向老，然后，是死亡，不是那样不期然的夭折，而是寿终正寝。

黑弄堂

黑弄堂的森然，一半是阳光背向造成，一半来自于人们的渲染。凡在大弄堂里长大的人，从小都听过大人们的恐吓：吵？把你扔到黑弄堂里去！于是立刻噤声。等这一代人做了父母，再以此来吓唬他们的孩子。如此传了两代人，算得上是黑弄堂的渊源了。

黑弄堂是在大弄堂的底部，由一道夹弄所通往。这道夹弄其实是一条明渠，从两幢楼房的山墙间穿过。在市政建设的管道改造中，不知道什么时候，它不再作为明渠使用，只留下一道干涸的浅沟。由于两边山墙夹峙，它终年没有光照，阴沉沉的，这就是黑弄堂的序幕。

那么，黑弄堂里有什么呢？这就要涉及流言了。人们传说那里曾经是一块坟地，后来虽然起了楼房，压了水泥，可时不时地，还会有流萤似的鬼火；又一种传说是刑场，日本人枪毙爱国志士就在这里进行；再接着就进入到现代史了，说那里有小孩被“剥猪猡”，就是剥了衣服，塞进弄内的垃圾箱；还有一个上吊的女人，因为被窃走全家的粮票和布票。听起来，这些不祥与可怖是随了社会进程累加起来，越演越烈，这也意味它还将继续发生故事，就是说，它的阴森性质尚在活动期内，随时可能爆发。

因此，它刺激着孩子们的好奇心。常常可以看见，一群亢奋的孩子拥在夹弄口，互相怂恿进入夹弄，过到那头的黑弄堂里。在下午三四时光景里，那头的黑弄堂并不显得黑暗，相反，有明亮的光线横流过去，可是，相隔着一道水泥色的夹弄，更有些不可测了。有鲁勇的孩子经不起众人的激将，蹈入夹弄——方才说过，夹弄实际是一条废弃的明渠，所以地面是凹下去的，需叉开双脚，踩着两边的沟沿，跨着走过去。头几步还没什么，多走几步就有小虫子轰起，扑上脸来。然后，蛛网也罩了眼睛，一股子森凉从脚底升上来。那孩子反转身，向来路狂奔，已顾不上脚下，无数次从沟沿滑落，在沟底自己绊了自己的脚。终于跑回到夹弄口，眼看重见天日，众人却组成一道人墙，封住他的出路。其时，他的眼睛放出灼亮的光芒，是由惊惧造成的。当天晚上，这孩子就发高烧，送去急诊，每一个孩子都受到了警告。这危险的游戏停止了一段时间，而后，教训被淡忘了，夹弄口就又聚拢了孩子们。

弄堂里的孩子，生活在人为的世界里，危险和快乐也都是人为制造的。不让他们玩这个，又能玩什么？不过，到底是没人再敢走进夹弄深处，众人也不敢认真胁迫谁了，所以，那经验的惨痛还是留存下来，加入了黑弄堂的历史。小孩子们避免单独走近它，当然，聚集着起哄就是另一回事了。而且，奇怪的是，也没有看见过夹弄那头有人从黑弄堂过来，那一端总是悄然着。弄堂实际上是这城市的沟壑，人是盲目的生物，顺着崖壁的走势，自己也不知道最终走向哪里。

小孩子们通常是在放学后的下午来到这里，这是管束最松弛的时间，学校放掉了，大人还没回家。他们卸下书包，跑出家门，悠闲地站着。在年幼的学龄前儿童眼睛里，已经是可敬仰的走上社会的人了，于是，慢慢向他们靠拢过去。有时候，他们这一伙里还会出现个把中学生，那么，连他们的脸上，就都会挂上近乎谄媚的巴结表情。那中学生才真正是走上社会的人呢！他穿着皮鞋，衬衫束在西裤的腰里，裤口翻出一道克幅——“克幅”这个词大约来自于英语“COVER”，说明是这城市服装历史的正传。他双手插在裤袋里，偶尔拔出来，在耳鬓顺一顺，鬓角剃得发青，没什么可顺的，所以很快地手又垂下来，插进裤袋。可是，就这一下子，风度出来了。他无须说话，只略微牵动嘴角，态度也出来了，足够主宰整个局面。这就是小孩子的阶级社会，根据年龄划分的。此时，那些小学生由于竞相表现与讨好，个个都很饶舌，聒噪得很。至于学龄前的幼童，则一声不出，简直是虫蚁似的人生，根本进不了人们的眼睑。

然而，黑弄堂的游戏使各阶层的人都兴奋起来。人们合伙将一个人往夹弄里推拥，那人奋力挣扎突围，抓住最贴近的那个，拥到夹弄口。人们也不管换了谁，只是一劲地挤压，那人就好比替死鬼，要找到下一个替死鬼方才脱得了身。这一切哗动是由小学生发起，中学生不屑参与，只哈哈大笑，但无疑是推波助澜，使得人们更加疯狂。连那些幼童都被激励起来，高声尖叫，围着人群乱跑，在他们的腿脚间打绊。那端的黑弄堂更显出寂静。有一些光线掠过去，夹弄里的蛛网亮一下，又灭了。人群拥塞在夹弄口，背脊在粗糙的弄壁上撞来撞去，脚下已经是明渠的沟底。好比箭在弦上，濒临深渊，所有的人都在急吼急叫，开了锅似的。在这挤作一团的人堆外围，往往是比较孱弱的孩子，他们的体力和激情稍逊于前沿的那伙，在这酷烈惊险的游戏中，他们充当不了主角，于是就在了边缘。忽然间，他们中的一个感觉后腰受了一击，力量虽不大，可因为没防备，也险些一个趔趄。吃惊中回头，见是一个小女孩子，脸通红着，又一次向他撞来。他反应还是慢了一拍，又被她撞了一次。她高兴得跳起脚来，脸更红了，额发都汗湿了，贴在脑门上。此刻，世道已在极乱的当头，没有道理可言。他往边上挪了挪位置，避免与她纠缠，不料想她以为是怕她，跟过来，再次扑将上去。很显然，他被抓来充当了她的玩伴。

这一回，他让开了她，她不罢休，又向他过来。如此，一个让，一个逼，最终，他离开人群，回家了。小孩没有跟他过去，到底舍弃不下这里的热闹，她停下脚步，遗憾地看着他的背影，越来越远，最后转进一条横弄。院墙的角覆盖了夹竹桃的花朵，这孩子从花朵下走过去，不见了。

夹竹桃盛开的季节，白昼渐长，小孩子们在弄堂里滞留的时间延宕了。大人们被天光蒙蔽，也会有一时的疏忽。到了傍晚，较为大型的聚集解散，却还会有一些散兵游勇，零落在弄堂里，玩兴未尽，流连忘返，抱着些微的希望，等待再有一个高潮掀起，无奈大势已去，曲终人散。方才说的那男孩，从小受家中管束，长大后又协助管束兄弟，及时回进门里，在父母下班之前，帮祖母端饭端菜，整顿饭桌。正当他在厨房与客堂间往来穿梭，见厨房面向后弄的门，隙开着一条缝，缝里有一只眼睛，大而且圆，就是那推他的小孩，不知道她怎么找到这里来了。他手里端了一摞碗，用臂肘将门推上，那只眼睛被关在了门外的暮色里。

后来，他就常常看见这小孩了。她原就是尾随他们的那一群幼童中的一个，不知怎么，总是落单的一个。即便是学龄前的儿童，也是一个小社会，三五结党，交颈搂头地私语和进出。她呢，一个人背着手倚在墙上，或有时屈起一条腿，抵着身后的墙，看她的同龄人玩，带着一种不屑的表情。一旦转向他们这样的大孩子，她的脸色立刻变成热切的。然而，这一回，该是她受到不屑的眼神了。试想想，谁能理会她呢？他们那一伙，清一色的男生，与他们同龄的女生，已经在学做淑女，藏在深闺不见人。像小孩这样，是连性别都还没有呢。

她独自一个人倚墙站着，是有些落寞的。他不免看她一眼，这一眼竟被她捉住了，她警觉得像一条猎狗。她朝他走过来，他装看不见，换了地方，绕着人圈外围。他总是在人圈的外围。这是由性格决定，他不是那种做头的孩子，做头的孩子需要有开创性和领袖欲。他也不是那类追随其后的角色，这类角色需要的是忠诚，甚至一些愚忠。总起来说，他既不属帅才，也不属相才，他是一个观看者。有一点像艺术家，一方面是缺乏实际行动的能力，另一方面却能够领略行动中的乐趣，于是就在虚无中享用。所以，弄堂里的游戏，包括滋事寻衅，他都在场。免不了有时候被看走眼，将他起诉给他父母，那就要受责打。他家父母是弄堂里教训孩子的楷模，从不袒护。这样的美德的另一面就是，小孩子受冤屈。但他也不申辩，那时代的孩子基本都是在冤情与责打中长大的。

这样，他沿着人群外围移了几步，那小孩跟过来，他再移几步，小孩再跟过来，就好像推磨似的，绕人群走了一周。今天的游戏不是去黑弄堂，而是一出“官兵捉强盗”。先由两名最具发言权人士，以猜拳的方式，决出谁是“官兵”，谁是“强盗”，继而挑选各自的人马。最先挑走的总是那些行动敏捷力量强悍的，接下来就要通些人情款曲，交好的入选，他就是在这一类里，通常经第三第四轮选择便有了归宿。很快，人群分成两拨，形成对峙的局面。一声号令之下，“强盗”们四散，“官兵”则围追堵截，穷追不舍，一旦触及“强盗”身体，“强盗”立马毙命。单是这样，倒是简单了，然而，弄堂游戏其实很得世事微妙，规则中又留有一个回旋，那就是倘若“强盗”在触到“官兵”手之前站住脚，可算作缴械投降，从此做了囚徒。留得青山，自有柴烧，但等“强盗”同伙拍鞍赶到——用手拍到囚犯身体，就可出狱，重新出山。整条弄堂哗然，脚步沓沓，身体和身体、巴掌和巴掌，撞击得啪啪地响，劫狱者的呼喊，被囚者的内应，官兵的令与喝。幼童们一律踮了脚尖靠墙直立，恨不能贴到墙上去。“官兵”和“强盗”从脸面前呼啸来，呼啸往，尘土蒙了一头一身，免不了还要吃些冷拳。如此险境中，并没有人逃离，个个苍白着脸，眼睛里是崇拜和羡妒的光。很快地，他就做了囚徒，千钧一发之际，“官兵”的手离他只有一毫的远，他收住了脚。同党们几回接近他，都被“官兵”逐走，甚至牺牲了一个——被拿个正着。忽然间，壁角里走出一个人来，径直过去拍他一下，原来是那小孩。他想让开，无奈受规则限制，不能挪动。小孩又上来拍他一下，还说了一声：跑！她以为她能救他，又如何和她说得清楚，只是不明白这小孩为什么专盯着他。小孩第三次来拍打他，终于着恼了，而他的恼怒亦不过是抬腿走人，回家去了。他擅自撤出，是对全体的不敬，无论“官兵”还是“强盗”，都情绪激愤。就有人追到他家门口，敲打后门。那门关得死死的，敲到最后，门开了，出来的却是他祖母。向祖母要人，祖母说正在做功课，做不好功课，母亲回家要骂。于是只能颓然走回，重整队伍，再起一局。

那小孩踯躅在他家门口，此时门是虚掩着，推开一条缝，只看见一条走廊通往前面房间，房间的门敞着，没有人。其实，他看见她了。他在房间的一角，坐在方桌前，桌上摆开他的课本。视线正好穿过走廊，到达后门，后弄里满是明晃晃的夕照，里面有一个小身影。

接下去的两天，放学回家，他都没有出门。任凭弄堂里如何沸腾，他只在家中坐着，作业写完了，就在草稿纸上画图：军舰，坦克，大炮，以及古人的刀箭。他又看见了那小身影，停在后门口，试探着向里走，已经走到走廊上了。他踅过去，藏到房门背后，悄悄将门掩上了。可是这一天，吃晚饭的时候，这小孩竟然出现在了他家房间门口，谁也没注意她怎么进来的。春暖时节，房门大多敞开着，她就站在门口看他们吃饭。他的母亲问是谁家的孩子，她不回答；母亲又问她找谁，她也不回答。于是就不再理会，一家人兀自吃饭。他深埋着头，几乎将头藏进碗里，心里暗知，小孩要找的人是谁。过了一时，一个穿斜襟蓝布衣，梳髻的女人找过来，将小孩带走了。祖母认得这女人，是前一条横弄里人家雇用的人，东家双职工，在机关做干部，忙得没时间管小孩，所以小孩才这般缺教养。

在家闷了几日，毕竟不是个办法，于是又出了门，弄堂里却奇怪地清寂着。显然，他闭门的几日里，弄堂里发生了新变故，好比是种田的误了节令。大孩子们不知去了哪里，弄堂便成了小孩子们的天下。可他们实在是小，小到还不怎么会玩，也没有像样的玩意儿，手里的那些破东西，都是哥哥姐姐丢弃的。断了的皮筋，百结千结的样子；碎了的弹子，简直就是玻璃碴；扑克牌不晓得缺了多少张数——他们就在这些弃物上练习着游戏的技艺，耐心等待成熟的日子，这就是弄堂里的传承。他们这些可怜虫，平时都是在大孩子的驱赶下，左避右让地，夹缝里求生存。如今，面对一条堂皇的弄堂，世界突然扩出无限的大，简直不大能相信，依然缩着手脚，溜着墙根。在这瑟缩中，却有一种庄严，好像，他们即将要接替这个世界，于是，敛声屏息。

他正茫然，小孩中跑出一个人，直奔向他，就是她。那热切的样子，就好像他们是老熟人。他本能地往后退了一下，她却已到了跟前，说：我知道他们在哪里！这话说得很知己，他不由站住了。她又说：我带你去找他们。说着就转身走在了前面，走了几步，回头看看，他果然走在身后，这才放心，表情也变得凝重起来。墙根下的小孩此时都停下手里的玩意儿，看着这一前一后的两个人，这情形实在有些像“狐假虎威”的寓言。小孩走出横弄，径直向弄底走去，走到夹弄跟前，小孩忽然朝里伸出脚，旋即又收回，转身向他说：骗骗你的！他感觉受了愚弄，而且是受小孩的愚弄，脸一变色，反身要回去。小孩赶紧追过来拦住说：他们就在那里！这时候，他听见人声喧哗，就在弄底最后一排横弄的弄口。那里的铁栅栏上开有一扇铁门，临了侧边的马路，人称小弄堂口。现在，人们都聚在小弄堂口里。他快步走过去，将小孩甩在身后。

原来他们这一伙正在进行一场抵抗运动，抵抗邻弄的小孩子入侵，已经持续了两天时间。每到下午放学，双方便在铁门内外对峙起来。弄内的一伙，将铁门关上，拴上销，外面的人则摇门呐喊，铁栅栏哗啷啷地响。这时候，却有弄内的居民要从小弄堂口进出，极不耐烦地推着铁门，只得拔出销放行。邻弄的孩子趁机潮水般拥过来，这里的人眼明手快，合力一堵。这铁门是窄窄的半扇，自然有利于守，而不利于攻。邻弄的孩子几次发起进攻，顶住铁门，不让合上，但也只到此为止，再无战果。弄内的人正激奋中，不料有同伙气急败坏跑来，失了声地报告，对方已经分出人马，向大弄堂口转移，企图正面强攻。果然，铁门外的人明显稀少了，呐喊呼啸也大有佯攻之意，真是兵不厌诈呀！这边连忙也分出一队，往主弄赶去。他撒腿跑在其间，因为几日没到弄内玩耍，此时感到格外地解放自由。跑出横弄，直向大弄堂去，远远传来敌人的啸声，紧接着，就有人影闪进弄口，转眼间排山倒海，扑将过来。

从数量上说，弄外显然要比弄内人多，因不止是邻弄的孩子，还有街面上的。他们这条弄堂，是这个街区规模最宏大的一条，楼体整齐，前后共有十数排横弄，被宽阔的直弄正中分开。横弄和横弄两侧之间，以镂花铸铁栅栏连接，防护谨严，有着一股威慑的气势，于是激起人们进犯的欲望。弄内的人多少有些孤军奋战的意思，再大的弄堂，单是一条，全体出动，又有多少人头？弄外的世界却是向全社会开放，却也正是因为这种封闭性质，就使得组织较为严密，有益于贯彻策略。他们中间有个灵魂性人物，就是那个中学生，在家中排行第二，人们都喊二阿哥。他并不动手，只出智慧，在大弄堂口望风的人，就是他的安排。临到声东击西这一计，有他在场，方能够阵脚不乱，及时应对。当人们往大弄堂口迎战之际，他小跑着伴随一侧，好像运动场上的教练，军心就稳住了。

他们向弄口跑去，二阿哥一路指挥，拉开阵线，两边包抄，分别控制大弄口的大铁门，迅速合上，形成防御工事，同时，中间的一路则以肉身抵挡。这时，二阿哥看见队伍中的他，不禁呵斥道：紧要关头，你还带着小阿妹！他低头一看，身后竟跟着小孩，踉跄中企图拉他的衣襟。他让开她的手，疾步上前，冲到头阵，第一个与对方短兵相接，两人扑抱在一起，双方身后都有无数双手，横七竖八交织一起。两扇大铁门徐徐地推进，先将他们挤在中间，后又将肉搏军一并推出去，最终再将自己人扯回来，分成壁垒内外，敌我两部。看弄堂的老伯在人堆外面跳脚，两边都遭到谩骂，但到底有立场与职责的区分，还是奋力挤进人群，“哗”地拉开大门，对着弄外的起义军，怒道：小贼，谁人敢进来，试试看！话虽不多，却是搏命的气势，令人不由却步，于是，守军们大获全胜。回营途中，二阿哥专走到他跟前，问他：怎么带了个小阿妹？这一回是带了戏谑，人们都笑，在他脚跟寻找“小阿妹”。“小阿妹”早已不见，不晓得挤到哪个角落。他想分辩那并不是他的“小阿妹”，与他毫无干系，可是，他这一张嘴，怎么抵得过二阿哥的嘴？这是个强权的世界，也是个清浊不分的世界，于是，便缄口了。这一天，还有更不幸的事情等待他，那就是母亲的责打。在下午的厮搏中，他新上身的米黄卡其夹克衫，揉搓成一团糟，肩和袖的连接处绽开了线。他回到家，还没来得及央求祖母收拾，母亲已经进门了。方才说过，这家管教孩子是全弄堂的楷模，小孩子走出门来都衣衫整洁，行为端正。母亲气的不止是糟蹋了新衣服，更是从衣服的惨状推断出操守上的失态。这一场训子的代价是，生生打折一柄木衣架。

第二天，祖母上菜场买菜的路上，向左邻右舍报告了前晚的事，一半是心疼孙子吃苦，另一半是为家教而自得。于是，弄堂里都知道这孩子吃了通衣服架子，就有家长觉得前日责罚不够严厉，回家又再补上一顿。他却再也出不了门了，身上带着新鲜的受罚的痕迹，不在于肉体，而在于尊严。十来岁的男孩，几可算作少年，自觉还要更年长一些，已不适于打骂。可谁让他生在这样规矩大的人家，还有个饶舌的祖母。好在这一日是星期天，他可不出门，弄堂里的玩伴因晓得他吃了教训，也不敢上门叫他。到了下午，父母带他们兄弟到舅舅家玩，他不去，留下来与祖母在家。祖母在缝纫机上做衣服，他翻出旧有的连环画一本本从头看起，祖孙俩倒十分安静。祖母嘱他去厨房煤气灶上坐一壶水，他应声站起，去了厨房。此时已是三时许，阳光到了后弄，盛了煌煌的一弄，从门缝里溢进厨房。星期天的下午，总是清寂的，小孩被大人管束着，弄堂成了清平世界。他不禁向虚掩的厨房门外看了一眼，不料看见了小孩。她蹲在他家后门对面的墙根，大约已守候多时，这一刻嗖地站起，跑过来。她脸上的表情依然是热切的，不知事实如此，还是她有隐衷，从这表情里还看出一股痛惜。他突然发怒了，想到，倘不是她带领，他便不会卷进搏杀，亦不会有事后一连串的羞辱。他猛地将后门一把推上，随了门响，就听见一声凄厉的哭叫，晓得碰疼了小孩。可他没有一点害怕，一股子痛快劲儿从脚底升上头顶，从昨晚起直到现在的郁闷就此消散，他终于向这个世界的不公讨还了欠债。

不晓得是不是因为受了撞，小孩从此不再跟他，有几回与他眼睛和眼睛碰上，很识相地速速让开。但是，二阿哥的戏谑却刚开头，有一次，他专门招小孩过来——二阿哥招谁，谁敢不过来？小孩站在二阿哥跟前，仰极了头才能看他，人群外面的小小孩都安静着。二阿哥让她叫自己“爷叔”，小孩说：你不是爷叔，是二阿哥。大家都笑了，觉着这小孩果然有趣。平素小孩子一直渴望得到大孩子的青睐，此刻，却如同羊入狼群，让人捏一把汗。小孩子们退在墙根，一声不出。二阿哥说：你叫我二阿哥，那么叫他呢？二阿哥指着他。小孩看看他，眼睛暗了一下，不回答。二阿哥说：你应该叫他阿哥，叫！大家笑得更厉害了，他也笑着，脸上却是僵的。二阿哥又说了声：叫啊！小孩摇摇头，不做声。二阿哥多少有些没面子，就有人帮着胁迫小孩，令她叫一声“阿哥”。小孩却很固执，紧闭着嘴不叫。二阿哥就打圆场：算了算了，让她去！自己给自己解了围。小孩钻出人圈，跑了回去。

这一天，他们这些小孩子都聚在通往黑弄堂的夹弄口，越过夹弄向那一端张望着，兴奋地跳着脚。他们受黑弄堂的吸引其实是向大孩子学样，也说明黑弄堂的传统的继承性。这就像一个成长的仪式，小孩子必定要经过它才能长成大孩子。其时，大孩子们对黑弄堂已经有些不屑，他们漠然从夹弄口经过，而他却忽然产生一个问题，为什么进攻弄堂不从这条夹弄里突破？它完全敞开着，一无障碍。他的目光在夹弄里停留一瞬，收回来的途中，经过那小孩，他看见小孩瑟缩的表情，她是怕定他了。他加快脚步，跟上人群，向前去了。

弄堂里的活动是呈周期性的，一段高潮过后，会有一段安静的时刻。在此阶段，弄堂里显得分外冷清。偶尔有孩子出门，在弄内走个来回，即便遇到某个昔日的玩伴，那玩伴的态度却是冷淡的，只得悻悻而归。这些形影相吊的独行者，更加增添了弄堂的寂寞。很难究其原因，可能是那些领袖性的人物生病和去亲戚家了，于是群龙无首；亦可能是学校课程进入关键阶段；再有，家长加强了管束。事实上，更可能什么原因也没有，只是一种类似潮汐的运动，潮起和潮落。弄堂也是有生态的，小孩子又是一种原始性很强的动物，在他们身上，往往会体现出自然的规律。在这样沉寂的时分，小孩子们分散在各个隐匿的空间，各自酝酿下一轮高潮的成因。这种酝酿是在不自觉中进行，完全是盲目的。可是，你说他们盲目吧，却又显现出一定的目的性，那就是当他们重新出山，竟然会趋于同一个方向。好像事先商量过一样，开始玩同一场游戏，说同一个口头禅，做同样的隐喻性的手势。这也是生态的关系，在同一种环境里，生长出同一种形态。这种分头酝酿的时刻，有些接近冬眠，幼虫在安眠中蜕化，青苗在安眠中分泌激素，各人在各人的窝里挣着，屏着，努着劲，下一个大金蛋。这时候，那些走在弄堂里寻找玩伴和游戏的人，即便正在日头底下，也像是梦游，眼光迷离，最主要是，孤独。别人都在壳子里，只他自己，游荡在空旷的弄堂。弄堂里的院墙，楼体的壁，还有水泥地，干净得发白，变成一条白弄堂。

这一日，他被祖母遣去买东西，此时，所有的孩子都变成乖孩子。他走出后门，拐出横弄，走到下一条横弄口，正走出了小孩，和她的母亲。小孩的手搀在母亲的手里，腰背挺得很直，目不斜视地走着，显得很骄傲。他大约高出小孩半个头，她的脑袋就在他眼睛下方，她梳着一种俗称“马桶盖”的发式，黑亮亮的头发与荷叶边的领口之间，露出一截细细的颈脖。他忽然感到手痒，极想在这颈脖上抽一掌。走到大弄堂口，他与她们分道扬镳。他过到马路对面的食品店，买来祖母指定的东西，然后穿回马路，走进弄堂。就在这时，他又看见小孩了，走在前面一米远的地方。这一回是她单独一人，母亲不见了。她手里握了一个碧绿的莲蓬，可是，并没有引起兴趣，任其垂下来，垂在格子背带裙的裥褶上。她低着头，佝偻着背，慢慢走着。显然，她被她母亲用一只莲蓬打发回来了，母亲一开始就没打算带她同行。他看出来，小孩在哭，不是像他撞疼她的大声的疾哭，而是饮泣。接近她家的横弄时，他加快了步子，走到她的旁边，与她并行。可是她并没有看见他，她对周遭一切都看不见，全身心地沉入在巨大的哀伤之中。他知道，小孩其实有着自己的世界，别人无法进入。

再看见小孩，已经是在弄堂生活的复兴时期了。所有的长中幼的孩子就像在一声号令下走出家门，如同久别的亲人，互相寻找，问询，招呼，聚成不同的群落。小孩也在其中，她比先前合群了，有了同伴，三五人头并头，脚抵脚，玩着一种残酷的游戏，就是水淹蚂蚁洞。他们用搪瓷杯接来自来水，小心注入墙角的蚂蚁洞，然后等待蚂蚁逃出洞口。水从洞口溢出来，将他们的鞋淹了，他们还不肯歇手，继续一杯接一杯地灌。小孩往返于自来水龙头和墙洞之间，激动得涨红了脸，当他走过，挡了她的路，她竟然发出一声吼叫：做啥！她完全不像受过伤的样子，小孩子真是没有记性的动物，可是他却从她身上看出一种戚色。这就是年龄的差别了，在他，已到了有理性的日子。正因为此，他收住脚步，让了她。

小孩已经放过了他，可是二阿哥却不放过。二阿哥心里对他是喜欢的，喜欢他带些寂然的安静。在这样青春期的年龄里，许多认识和感情都拥簇在一起，来不及一一安置，难免放错了位置。所以，二阿哥的喜欢是用残忍的方式表现出来的，他戏谑他。戏谑的内容就是关于这小孩。从这也反映出青春期的另一个特征，就是对男女生关系的兴趣。虽然小孩还算不上是个女生，可真正的女生不都在深闺中，绣着十字花，照着歌片唱电影插曲，或者叽叽哝哝说私房话。那些私房话连二阿哥的成熟度都没资格听的。也因此，倘若是一个真正的女生，二阿哥就要生怯了，他只有在这帮小男孩子里面称王，小孩子也窥不破他的虚弱。现在，二阿哥就专拿小孩和那男孩开心。来“官兵捉强盗”，既不让“官兵”要他，也不让“强盗”要他，理由是，他带着个“小阿妹”，很没劲。于是，他就被排除出了游戏，站了一会儿，兀自转身回家去。可是，二阿哥也不允许他回家，嘱人喊他出来观战。他不敢不出来，他有些怵二阿哥呢！所有的孩子都怵二阿哥！弄堂就是一个大欺小的社会，有一句歌谣唱得好，“大欺小，现世宝”，以道德批判的方式指出了事实。二阿哥指定他站的地方，不让他妨碍游戏，也不让妨碍自己做裁判，于是，他成了一个永远不得解救的囚徒。

他一个人贴边站着，脸上带着佯装的笑容，眼睁睁看着“官兵”和“强盗”厮杀过往。无论“官兵”还是“强盗”，都格外地兴奋，他的不幸使他们的幸福感成倍增长，他们夸张地笑和叫，渲染紧张激烈的气氛，好衬托出他的寂寞凄凉。二阿哥满意地欣赏着眼前的一切，这是他设计导演的戏剧场面，而他们，都是傀儡。

忽然间，他被碰了一下，转头看，是小孩，背着双手，倚墙站在他身边。他向旁边挪了挪，与她保持距离，表示两不相干。二阿哥却看见了，大声叫道：不许动！如火如荼的游戏刹那间停止下来，“官兵”和“强盗”全向这里聚拢来。二阿哥指着他：站回去！他转身要走，二阿哥不让，将他推到原来的位置上，与小孩站在一起。他挣扎着离开，不料小孩小跑着追过来，傍在他身边，背着双手倚在墙上，仰头看了二阿哥，带着明显的挑衅。他再挪开，她再跟来，眼睛一直望着二阿哥。人们已经笑得不行了，团团地围住他和小孩。二阿哥伸长手臂，撑在墙上，阻挡了他的去路，他无处可逃。他不恨二阿哥，他恨小孩，恨小孩的道义。这道义没有给他带来公正，反而是无尽的羞辱，他又没有要求过她的道义，完全是被强加的。为什么她要赖上自己，他又没有欠她什么！最终，他突破了包围圈，冲回家门。

接下去的几天，他没有出门，二阿哥呢，也没让人去叫他，是有意地冷落他。那天，他没有给二阿哥面子，他冒犯了二阿哥，这不是他本心所愿，怪都怪那小孩，他心里恨恨的。门外传来同伴们的笑声，间或有二阿哥的声音，浑厚而低沉，已经完成了变声的男性的声音。他也听见小孩的声音，鸟语般啁啾里的一个——她为什么能出得门去？没事人似的。独独是他，在受舆论的责罚。弄堂生活的复兴时期，就像自然界里的春天，万物萌发，荷尔蒙勃然分泌，真是骚动！他的兄弟也在弄堂里尽情奔跑，所有的孩子都兴高采烈，唯有他——他坐在桌子边，眼睛对着书本和纸张，外表很安静，心里却鼓噪着。他被这世界放逐了！他忍不住停留在厨房，从后门里往外窥觑。有一次，他的目光正对着小孩，看见小孩奋力踢一枚残破的毽子，鸡毛都秃了，有一支还折了茎。她踢得也不得法，每每落在地上，捡起来再接着踢。又要躲避大孩子们的腿脚，那是很粗暴的腿脚，都能把小孩子碾成泥。可是她并不在意，专心在自己的游戏中。他想，她玩得挺好。正这么想着，小孩却突然丢下毽子，朝后门奔来，赶紧地推门，她已经扑到门缝上，急促地说了一句：他不在！

他知道小孩说的那个“他”是谁，因为被小孩看破心思而感到难堪和气愤，可是后弄里满是下午的金晃晃的光，对面院墙上的夹竹桃影都摇曳到他脸上。他心跳着，站了一会儿，定定神，推门走了出去。他带着一种故作的轻松，好像本来就要出去的样子，一只手斜插在裤兜里，甚至，另一只手还抬起来理了一下鬓角，就像二阿哥习惯做的。小孩并没有迎上来，而是退开去，表示与她无关。这一个小伎俩，表明了他与她之间有着一种默契。

他向他的玩伴们走过去，走进他们中间，没有人特别留意到他的出现。很显然，他们也没有特别留意他的不在场。他略有些失望，但总的来说是轻松了。他们聚在一起，没有特别的事要做，甚至于也没有什么可说的，只是头抵头站着，互相看着对方的鞋尖。这就是少年人的玩耍，他们都是将成未成的少年人。二阿哥果然不在，没有人提起他，非常隐约地，人群里传递着一种欣悦的情绪。人们克制着，但还是透露出笑容，在他们的年龄显得有些世故了。他一加入他们，很自然地，也浮上了这笑容。这时候，夹竹桃花叶间的光携了影，直接倾在他的身上、顶上，花蕊里那一股辛辣的气味，对驱除隔宿气特别有帮助。好像听到一声号令，低着的头全抬起来了，朝向一个方向。弄底一扇后门内，走出了二阿哥，后面走着他的母亲。

二阿哥穿一件咖啡格子衬衫，束在灰色哔叽呢西装裤腰里，肩上还挂着一副吊带。头发斜分，梳平，上了发蜡。这一身花哨时髦的装束并没有让他变得成熟，反是衬托出他的稚气。他低着头，不朝人们看一眼，在他这样的年龄，跟母亲出行是一件窘迫的事情了。他一改平素的油滑，老实得畏缩起来。人们不发一言，连幼小的孩子也都收起了游戏，敛声屏息，一起看他走过去，留下一个背影。忽然间，没有任何人起头地，人群爆发出哄笑。笑声里面是对权威的识破和反叛，那些小孩子也跟着笑，还跳起脚来。在众人的笑声里，二阿哥的背影转过横弄的墙角，消失了。

之后的日子里，小孩看见他，脸上是一种佯装的冷淡。她拿着自己的玩具，煞有介事地从他跟前走过，就好像没他这个人。可是，冷不防扭过脸，向他笑一笑。那笑容十分诡秘，似乎他与她的默契已经确定无疑了。他无从否认，也无从拒绝，只是不理睬，也装看不见。这样倒安静下来，两厢无事。

九月里的一天，他从学校回来，看见小孩走在前面，肩上斜挎了书包，晓得她上学了，做了学生。他的脚步大一些，很快就要超过她，她偶一回眸看见他，一下子绽开了笑靥，好像是为她的上学又高兴又害羞。她笑着转回头，改成一种跑跳步，一步一跃，速度加快，跑在了他前面。她跑几步，回头看看他，他扭过脸，装没看见。不知为什么，今天的弄堂这么清寂，其他人都没有来得及回家，只有他和她，一前一后地走。她又回头看他，然后再继续跑，一转身，进了一扇后门。他这才发现他拐弯早了，走进前一条横弄，这条弄堂里所有的横弄都一模一样。他气恼地转身向回跑，却与看管小孩的女人撞个正着，原来她是接小孩回家的。他狼狈地让开，不顾那女人看他，向自己的横弄里跑去，心里庆幸二阿哥不在场。二阿哥有一阵没出来了，即便从弄堂走过，也步履匆匆，一歇不停留，也不看大家。其实，大家都在等他，等他继续来统治他们，可他却拉不下面子。年长的人比年幼的更容易受伤，受了伤也更不容易痊愈。

新开学的日子，是弄堂里的淡季。经过一个散漫的假期，学校生活重新又充满了吸引力，小孩子们都在校园里活动。早上升旗仪式，在低年级的队伍里，也站着小孩。她对他显然淡薄了，因为有了新的同伴，还有老师，一年级的学生总是对老师无限巴结，而对其他人无限轻蔑。有几次，他看见那帮佣的女人跟在小孩身后，小孩跳着脚，不要她跟。女人欺骗地停下脚步，等小孩向前走时再又举步，小孩警觉地回过头来，于是又跳脚。周而复始，进一步，退两步，一直到校门口。和这样的人同处一个学校，他实在感到羞耻。幸好，再有一年，他就可以毕业，升入中学。

现在，小孩是骄傲的，她不是佯装，而是真的对他视而不见。她和她那些同年级小女朋友，勾肩搭背地进出，所玩的游戏也像样起来。她们的皮筋是双股的牛筋，一环一环穿起来，套着木头线轴，一边跳，一边唱：马兰花，马兰花，风吹雨打都不怕！皮筋和歌谣都是从她们的姐姐那里传下来的。她们自己也会制造游戏器材了，跳房子的纽扣串是整齐均匀的莲花似的一盘。在吃螺蛳的季节，就见她们四散开，埋头在弄堂的水泥地上疯狂地磨着螺蛳壳，磨出一个洞，好穿成溜滑的一盘。橄榄核是最上乘的材质，滑而坚硬，但磨起来的功夫也比较艰深，她们几乎是咬着牙，滴水穿岩地磨着。她们开始和男孩子划分界线，排斥比她们年幼的孩子，无论是男是女，当那些大孩子侵犯了她们的地盘，她们一边迅速让开一边嘴里嘟嘟囔囔，这一点抱怨之色说明她们长胆子了。就这样，弄堂生活再度兴起高潮，社会各阶层的力量消长变化着，恩怨情仇也消长变化。不知不觉，时间翻过了一个坎似的，分明只是数月前的事情，想起来却好像隔世。

这一日是星期天，他的父母带兄弟去苏州亲戚家，他总是不去。一是不愿随父母出行，二是不愿与兄弟轧道，宁愿和祖母在家里。到了下午，多少有些闷了，向祖母要了一角钱去买连环画。书店是在弄底小弄堂口的马路对面，就是他们抗击外来入侵者的要塞。弄堂里很清静。底楼院墙的树影已经疏落，晒白的地面上有了落叶，天空变大了，变高了，满是太阳光。空气里含了一丝沁甜，是无花果的香气。从室内方一走到室外，有些目眩，他闭了闭眼睛，渐渐适应了光线的亮和清澈，丝丝缕缕尽入眼睑，都看得见自己眼睛的影。他背了大弄堂的弄口向弄底去，远远看见小孩在夹弄口踯躅。他忽然想起了黑弄堂，黑弄堂被他们遗忘许久了，它沉默地横陈在夹弄那一端，勿管你记不记得它。小孩在夹弄口流连，涉水似的试图向里探进脚去，又收回来。有一次，她往里走了几步，最终还是退出来，脸上带着一种要哭出来的表情，是受着极大的蛊惑，同时又受着极大的惊惧。她看见了他，忽然转换成得救般的欣喜表情，向他招着手。他本来是装没看见的，可是她的脸和动作流露出特别强烈的激动，他禁不住走了过去。看他过去，她几乎是狂喜地奔来，差一点要扑到他身上，他让开了，兀自朝夹弄口走。他走得很快，她被甩在了身后。他径直走进了夹弄，一股阴湿的霉气袭来，然后有一面蛛网被他撞破了。他抬手在脸前挥了一下，什么也没有，这时他感觉到了黑弄堂的鬼魅。可是，夹弄两头都是璀璨的日光，顶上那一线天又高又蓝，身后还有一个小孩。他没回头，却知道她在身后。有一回，她伸手拉他的后衣襟，被他机敏地闪开了——即便在这夹弄里，笼罩着鬼魅的气息，他依然有着如此的机敏。以后，她就不再作尝试了，而是很乖地跟在身后。他们一前一后，脚分开踩着干沟的沟沿，这样的步子很妨碍速度，可是一步一步，已经走过了夹弄的一半。现在，退路比进路更远，他们没有回头路，只有向前去了。

明渠的底部覆盖着尘土，有细小的虫类被他们惊起，急促地爬行。成群的飞虫从眼睛前过去，拂在脸上，如烟一般。现在，接近弄口了，从夹弄那端遥望着不可企及的这一端，越来越接近了。终于，一片光明扑面而来。他们出了夹弄，站在又一条弄堂里，就是著名的黑弄堂，有着世代传说、扑朔迷离的黑弄堂。他们站在人家的弄堂里，茫然四顾。这条弄堂应是与他们的横弄平行，他们从夹弄出来，所面对的是这弄堂的前弄，一列黑色的石库门洞关闭着，如同惯例，人们多是由后门进出和活动，于是，前弄少有人迹。这条弄堂总体规模不像他们弄堂庞大，没有横弄，直弄亦不出十幢，但是，楼体高大，格局整肃，气象就森严许多。他们站了一时，朝弄口走去。小孩安静着，似乎被眼前景象威慑，她木木地跟在他身后。他的眼睛里已经没了她，也是被这黑弄堂震慑住了，并不是为它的异常，而是相反，它竟然与所有的弄堂无大异。

他们走到黑弄堂的弄口，更大的震撼发生了，弄口的马路竟然是如此熟悉的一条，正与他们的小弄堂口相邻，他要去买连环画的书店就在斜对面。书店旁边是菜场尽头的肉摊，砧板在阳光底下，有几只苍蝇在嗡嘤，都嗅得到生肉和木屑的气味。还有碗店，小百货店，沿街的住家，日常起居就在街面展开。这是一条嘈杂的小街，生活气氛格外蒸腾，向他们进犯的孩子就是从这条街上杀来。往日里稔熟的景象在此时又显得陌生，他们重新审视着其实无数次地走过的这个弄口，弄口挂着“注射”和“编结”的招牌，原来这里面就是黑弄堂！一个魔咒破除了。他欣然地回头看看小孩，小孩完全糊涂了，不晓得这街景是陌生是熟悉，一会儿朝东看，一会儿朝西看。他伸出手，手指头钩住小孩背带裙的两条背带，向上提了提，小孩也没有觉察。他们这一大一小沿街站着，往日的罅隙弥合了，可也只是这么短暂的一瞬，接着，他将进入中学，成为二阿哥那样骄矜的青年。她呢，则成为真正的女生，弄堂里再见不着她。再然后，他会长成如何俊朗的男子！而她，淑女窈窕。从此以后，不知道什么时候才能邂逅。